Bibliografische Informationen der
Deutschen Nationalbibliothek: Die
Deutsche Nationalbibliothek
verzeichnet diese Publikation in der
Deutschen Nationalbibliografie;
detaillierte bibliografische Daten
sind im Internet über dnb.dnb.de
abrufbar.

Impressum

Erste deutsche Ausgabe

@Frida Kurt 2018

Herstellung und Verlag:
BoD - Books on Demand, Norderstedt

ISBN 9783746093017

Frida Kurt

„Wind im Haar“

1

Prolog

Maja Fahrtmann sass versunken über ihre Stickerei. Die zarten Taschentücher für ihre Mutter sollten bis zu ihrem Geburtstag fertig werden.

Irgendwann vor langer Zeit hatte ihr ihre Grossmutter Gertrude geduldig die Kunst der Stickerei beigebracht. Seit Jahren hatte sie keine Nadel mehr in der Hand gehabt.

Doch sie versuchte es an diesem Tage unermüdlich. Eine halbe rote Rose in Kreuzstich hatte sie bereits auf das Tuch gestickt.

Wieso mach ich das hier eigentlich, ging es ihr durch den Kopf. Zum Hundertsten gefühlten Male zog sie wieder den roten Faden aus dem Stoff. Sie nach die Zeitschrift Elfenzauber zur Hand und las noch einmal die Anleitung.

Verflixt aber auch, dass diese Stickerei auch so schwer sein musste. Die Initialen ihrer Mutter AF hatte sie selbst auf das Taschentuch gezeichnet.

Ihre Mutter Agathe Fahrtmann liebte diese bestickten feinen Leinentaschentücher.

Mist schon wieder gestochen. Maja steckte sich ihren bereits blutenden Daumen in den Mund. Sie schmeckte etwas Metallisches. Diese verflixten Stiche wollten nicht so wie sie wollte. Maja zog ihren Daumen aus dem Mund und betrachtete ihn. Ein kleines rotes Loch nah an ihrem Fingernagel sah sie.

Das Spitzentaschentuch was auf ihren Schoss gefallen war hob sie hoch. „Glück gehabt" „ Nichts passiert" Das würd ihr jetzt auch noch fehlen, noch einmal in den Laden zufahren und Taschentücher zu kaufen. Dafür war keine Zeit.

Sie dachte an ihre Mutter und wie verwandelt sie seit dem Tode ihres Vaters war.

Das musste endlich ein Ende haben. So ging das einfach nicht weiter. Maja wurde zerrissen von ihrem Mitgefühl ihrer Mutter gegenüber und ihrem Job. Maja musste eine Entscheidung treffen.

Die Ärzte ihrer Mutter hatten zu
einer Klimaveränderung geraten. Doch
sie bekam keinen Urlaub um mit ihr in
die Ferien zu fahren. Agathe
Fahrtmann war seit dem Tod ihres
Mannes nicht mehr sie selbst. Ihr
Asthma machte ihr auch kräftig zu
schaffen.
Wie abwesend erschien sie manchmal.
Ihr Hausarzt Doktor Taubert hatte
ihre Mutter nach Davos in die
Hochgebirgsklinik überweisen lassen.
Doch es trat keine Besserung ein.

Sie legte die Stickerei auf das
Tischchen was neben ihr stand und
erhob sich.
Ja, genau eine Veränderung musste
her.
Doch so ganz genau wusste sie noch
nicht, welche Art Veränderung es sein
sollte.

Sicher würde sich alles finden.
Darauf musste Maja ganz fest
vertrauen.

2

Maja Fahrtmann öffnete die Tür zum Atelier. Sie hielt noch die Klinke in der Hand und dachte nach. Ein Schwall von Rauch drang an ihre Nase.
Gernot wenn sie die Zigarre nicht ausmachen, komm ich erst gar nicht herein.
Aber das ist eine „Brasil". Die hat mich ein kleines Vermögen gekostet.
Gernot Metzer sah sie über seine Brillengläser hinweg an.
Das ist mir egal und wenn sie der König von China höchst persönlich überbracht hätte. Das Ding stinkt fürchterlich.
Ist ja schon gut Kleine. Ich mach sie ja schon aus. Er nahm noch einmal einen kräftigen Zug und machte sie zögerlich im Aschenbecher aus.
Maja ging zu dem Aschenbecher. Sie nahm das schwere Marmorgefäss und trug es ans Fenster. Dieses öffnete sie und das Marmorgefäss fand seinen Platz auf dem Fenstersims. So und die Fenster bleiben jetzt erst einmal offen Gernot. Es stinkt ja fürchterlich hier.

Wie wollen sie da einen klaren Kopf
bekommen für ihre Ideen.
Ich dachte der Arzt hätte ihnen das
Rauchen verboten?
Er grinste sie an. Er sagte nur etwa
von Zigarettenrauchen mein Kind.
Ach… fragte sie verwundert. Ich bin
mir ganz sicher, dass er jede Form
von Rauchen gemeint hatte, betonte
sie energisch. Sie zog sich einen
Holzstuhl heran und setzte sich ihm
gegenüber.
Kindchen hören sie doch auf mir gute
Ratschläge zu erteilen. Davon bekomme
ich zu Hause schon genug. Sie sind
schon genauso schlimm wie meine
Schwester Gudrun. Obwohl… nein… tut
mir leid… so schlimm wie meine
Schwester kann kein anderes
Frauenzimmer sein. Ich wünschte mir
manchmal das ein Mann vorbei käme und
sie einfach vom Fleck weg heiratete.
Aber sie sagt ja immer, sie könne
mich nicht allein lassen. Pah.. dass
ich nicht lache.
Maja lächelte. Seit sieben Jahren
arbeitete sie nun schon bei diesem
verkorksten Künstler. Seine Ideen für
seine Bilder und Objekte waren toll.
Die Sammler rissen sich um so manches
Stück. Daher wusste sie, das die

aufgesetzte Brummigkeit ihres Chefs nur Fassade war. Er war die Gutherzigkeit in Person. Er stand auf Platz zwanzig der erfolgreichsten Künstler der Welt und er war ein sehr freundlicher, grosszügiger und sehr humorvoller Mensch.

Bin ich froh das ich keinen Sohn habe, sagte er. So eine Schweigertochter die Haare auf den Zähnen hat kann kein noch so guter Schweigervater ertragen.

Maja sah ihn schief von der Seite an. Na dann seinen sie doch mal froh, dass ich nicht ihre Tochter bin. Das ihnen das dann doch erspart wurde, sagte sie schlagfertig.

Kindchen warten sie mal ab, wie ich ihnen meine diesbezügliche Dankbarkeit gleich zeige. Dabei grinste er breit. Dort hinten sind, sehen sie… – dabei zeigte er in die angegebene Richtung. Die Negative der Figuren müssen gereinigt werden. Der Mann aus der Giesserei kommt am Nachmittag vorbei und braucht die Figuren. Es sollen farbige Duplikate erstellt werden. Die nächste Messe wirft ihre Schatten voraus. Es ist zwar noch früh im Jahr, doch wir

wissen beide wie schnell die Zeit
verrinnt.
Aber ich arbeite doch gerade an den
Bilderrahmen. Sie wollten doch sechs
verschiedene Grössen haben und ich
muss noch den grössten Teil davon
bauen, rief sie aus.
Dann würde ich mal sagen, dass sie
sich ran halten Maja.
Kann das nicht Jacob machen. Wo ist
der denn schon wieder.
Maja sah sich im Atelier genauer um.
War der eigentlich heute schon da?
Gernot Metzer brummte vor sich hin.
„Ja, war er und er muss eine höchst
wichtige Aufgabe erledigen."
Und welche bitte? Bin ich nicht ihre
Assistentin?
Sicher Kindchen sind sie das. Aber
fürs Kaffeeholen bezahle ich dann
Jacob besser. Sie sind zu höherem
berufen, dabei fing er an zu
schmunzeln.
Gernot sie sind wieder einmal zu
Scherzen aufgelegt.
Ausserdem Kindchen werden wir
verreisen. Ich brauche neue Idee und
habe da schon eine bestimmte
Vorstellung. Es solle etwas mit Wind,
Wasser und Wellen zu tun haben.

Noch nicht ganz ausgegoren die Idee aber der Ansatz ist da.

Er schwenkte seinen Sessel in dem er sass zu dem Regal an der Wand. Holte ein dickes Buch aus dem Regal. Das Titelbild zeigte eine Wasserlandschaft die umgeben wurde von Bäumen und Sträuchern und inmitten dieses Sees lag ein kleines verlassenes Boot. Den Hintergrund konnte sie nicht genau erkennen, da er vor ihren Augen verschwamm. Maja las den Titel des Buches. „ Der alte Kanal zwischen Nord und Ostsee".

Die Ostsee, sagte Maja und es erklang ein kleiner Seufzer.

Waren sie schon einmal dort? fragte Gernot Metzer.

„Nein"

Aber da wollte ich schon immer einmal hin.

Wir werden noch eine Fotografin mitnehmen, die sie noch auftreiben müssen. Ich denke wenn wir vier Wochen an der Ostsee bleiben, sollten wir genug Material gesammelt haben für neue gute Ideen.

„Ja, sollten wir… sagte Maja abwesend. Ihre Gedanken überschlugen sich.

Wir können auch im Nachgang mit der
Fotografin ein Buch erstellen mit
ihren Fotos und ihren Arbeiten. Was
sagen sie dazu, Gernot?
Kindchen wenn sie einen Verlag dafür
auftreiben, herzlich gern. Doch sie
wissen, ich selbst möchte in keinem
Buch oder Zeitschrift erscheinen.
Meine Bilder, Skulpturen oder Objekte
herzlich gern… aber ich nicht, sagte
er kategorisch.
Gernot das weiss ich doch. Ich
arbeite nicht erst seit gestern bei
ihnen.
Und bitte tun sie mir einen Gefallen,
hören sie mit diesem Kindchen auf.
Sie sind doch noch keine Achtzig das
sie das immer zu mir sagen müssen.
Nein, Gernot Metzer war noch keine
sechzig Jahre alt. Doch wusste er wie
er Maja reizen konnte und das tat er
sehr gern. Er hatte die junge Frau in
sein Herzgeschlossen.
Ich habe auch schon eine Idee wer uns
bei den Fotos helfen könnte. Bin
gleich wieder da muss nur kurz
telefonieren…
Maja verliess das Atelier und ging
mit ihrem Handy auf die grosse
Terrasse.
Sie wählte.

Beim dritten Klingelton ertönte eine zarte Stimme.

„Tina Deetz was kann ich für sie tun.“
Hallo Tina, ich bin es Maja.
„Maja? Maja wer…?“
Na Maja Fahrtmann.
Stille herrschte für einen kurzen Augenblick.
„Maja… jetzt ist der Groschen gefallen, man wie lange ist das denn her.“
Ach Tina, schön dass ich dich erreiche. Ich habe ein Attentat auf dich vor.
„Oh, das klingt aber gefährlich!“
Nein, Nein… nicht so. Du bist doch Fotografin und wir würden dich brauchen.
„Wer ist wir?“
Kennst du Gernot Metzer?
„Ja sicher kenne ich den Namen.“
Ich arbeite seit sieben Jahren für Metzer. Wir planen ein Projekt für neue Ideen und wenn alles so läuft wie wir uns das vorstellen, kann am Ende ein Buch mit deinen Fotos und seinen Objekten bei einem Verlag erscheinen.

Wir werden Ideen, Eindrücke und Fotos an der Ostsee machen. Die Idee hatte Gernot.
Er hat ein Buch gesehen und war fasziniert von der Landschaft. Mal was anderes als Berge. Wir sehen ja tagtäglich hier Berge, obwohl ich mich hier sehr wohl fühle. Aber so ein kleiner Kulturschock an die Ostsee hat schon was.

Wieder Stille am anderen Ende.

„ Maja, hast du gesagt du arbeitest für Gernot Metzer und willst mich als Fotografin haben." Ich muss mich erst mal setzen. Wow, entfuhr es Tina Deetz. Das ist ja der Hammer. Welcher kleine Fotograf darf schon mit so einem grossen Mann zusammenarbeiten. Maja und du bist dir sicher, das ihr mich dafür wollt.

Komm Tina, du bist keine kleine Fotografin. Deine Fotos sind super. Ich habe schon einige gesehen. Erst neulich in der Stadtgalerie an der Poststrasse.
Metzer überlässt die Organisation allein mir.
Also bist du dabei?

„ Wann soll es denn losgehen Maja?"
War das jetzt ein „Ja"? Also ich
rufe dich dann noch einmal an. Aber
halte deine Termine frei. Wir sind
sehr spontan. Um Unterkünfte und den
Flug kümmere ich mich. Melde mich
sobald ich alles zusammen habe. Ok?
Und plane doch bitte mindestens vier
Wochen für die Arbeit vor Ort ein,

„Danke Maja." Melde dich wenn du
alles organisiert hast.

Maja legte auf und ging zu Gernot
Metzer ins Atelier zurück.

Sie schlenderte zu ihm und erblickte
nun auch Jacob. Hallo Jacob, schön
dass du vom Kaffeeholen zurück bist.
Auf dem Tisch standen drei dampfende
Becher mit wohlriechenden Kaffee,
daneben drei Stücke Gebäck.
Danke Jacob… ich könnte jetzt eine
Stärkung vertragen.

So… ich habe gerade mit einer
Fotografin telefoniert. Ihre Zusage
ist sicher. Sie heisst Tina Deetz.

Aber, es gibt da noch ein kleines
Problem.

Metzer sah sie stirnrunzelnd an.
Ja, wie fang ich an. Sie wissen ja
das meine Mutter in der Höhenklink
Davos zur Zeit untergebracht ist.
Doktor Taubert meint das ihr eine
Luftveränderung guttun würde. Und da
wir an die Ostsee fahren wollen,
dachte ich…
Ihr Chef hob beide Hände und verzog
das Gesicht.
Sie dachten das die Luft an der
Ostsee ihrer Mutter helfen würde
wieder gesund zu werden.
Maja nickte.
Gut, dann machen wir das so. Kindchen
sie organisieren die Flüge. Sechs
Flüge an die Ostsee. Machen sie es
aber nicht als zu teuer. Die Zimmer
in einem Hotel müssen sie auch
buchen. Und das alles für vier
Wochen. Zudem brauche ich noch meine
eigene Kamera, Papier und Stifte
auch. Wenn wir etwas vergessen
sollten, müssen wir es vor Ort
organisieren.
Maja notierte sich alles auf ihren
Notizblock und überflog noch einmal
alles.
Wieso brauchen wir sechs Flugtickets?
Warum sehen sie mich so komisch an,
Gernot?

Er zögerte kurz bis er eine Antwort
gab.
Sechs Flugtickets für mich, sie Maja,
Jacob muss auch mit, ihre Fotografin,
ihre Mutter und eine Pflegerin für
sie.
Maja war wie vom Donner gerührt.
„Eine Pflegerin für meine Mutter?"
Ja sicher, wann wollen sie am Tage
für sie Zeit haben. Maja sie müssen
arbeiten, deshalb fahren wir dahin.
Es wird kein Urlaub.
Sorry Gernot, daran hab ich gar nicht
gedacht.
Darf ich heute etwas früher Schluss
machen. Doktor Taubert hat heute
Nachmittag Sprechstunde. Ich muss ihn
fragen ob er eine Pflegerin empfehlen
kann.
Danach organisiere ich alles.
Gernot Metzer lehnte sich zurück und
lächelte.
Schön… schön dann machen sie mal.
Wenn sie möchten können sie jetzt
schon Feierabend machen. Jacob kann
die Negative reinigen. Aber ab
Übermorgen wird wieder normal
gearbeitet. Ich denke der morgige Tag
sollte ausreichen um alles zu
organisieren.

Maja nahm das Buch in die Hand und ging aus dem Atelier. Sie musste sich mit der Geschichte der Ostsee vertraut machen und sie durfte Doktor Taubert nicht vergessen.

Ostsee … sie seufzte.

3

Beim Telefonat mit Doktor Tauberts
Sprechstundenhilfe hatte diese sie
aber auf den morgigen Vormittag
vertröstet. Sie wollte aber dem
Doktor bereits die Situation
erklären. So hatte Maja genug Zeit
sich mit der Geschichte der Ostsee
vertraut zu machen.

Sie schaltete ihren Laptop an und
begann den Suchbefehl Ostsee
einzugeben. Schnell wurde sie fündig.
Bei diesen vielen Ergebnissen würde
sie noch die Nacht über hier sitzen.
Also klickte sie auf Wikipedia. Maja
las über die Lage, die Geschichte,
den Handel, Grösse, Meerestiefe. Ihr
schwirrte bereits jetzt Kopf.
Nein, nein, nein so ging das alles
nicht. Sie musste die Region
eingrenzen.
Da gab es Rügen, Usedom, Bornholm,
Hiddensee, Wolin, Gotland und
Saaremaa. Lauter schöne Namen die sie
da las. Maja entschied sich für die
Insel Rügen und den kleinen Ostseeort
Sellin.

Bei mehreren Blicken auf die Hotelseiten des kleinen Ortes, entschied Maja sich dann für mehrere Ferienwohnungen im Ostseebad. Das Haus Concordia hatte seine Vorzüge. Jede Wohnung besass einen separaten Eingang und auch einen Balkon. Das würde auch Gernot gefallen. Der Strand schien nicht weit weg zu sein und auch gab es mehrere Restaurants in der Nähe. Perfekt… sagte Maja. Sie buchte die Wohnungen online und wartete auf eine Bestätigung von Seiten des Vermieters.

So das hätten wir erstmal. Nun noch die Flüge für uns buchen. Das ging aber jetzt schnell. Sellin selbst hatte keinen Flughafen. Doch der Flughafen Heringsdorf war nur zwei Stunden entfernt. Es gab dazu einen grossräumigen Mietwagen, den sie nutzen konnten. In zwei Wochen würden sie starten können.

Maja klappte ihren Laptop zu und ging in die Küche. Ein Tee tat ihr jetzt gut.

Es gelang Maja an diesem Abend nicht sich zu entspannen. Ihre Wohnung erschien ihr seltsam eng und stickig.

Sie öffnete die Balkontür. Die Miete für diese Wohnung war recht angenehm. Maja hatte eine grosse Wohnküche, ein Schlafzimmer, ein Arbeitszimmer, Bad und natürlich das Wohnzimmer.
Der Balkon war himmlisch. Maja mochte Blumen und Kräuter. In drei Balkonkästen regten bereits zarte Pflänzchen ihre Köpfe. Ihr Blick fiel auf die Berge. Sie atmete die frische Bergluft tief ein und ging dann wieder hinein. Es war noch zu kühl am Abend um lange auf dem Balkon sitzen zu können. Maja war jetzt fast dreissig Jahre und mehr als einen guten Job hatte sie noch nicht vorzuweisen. Sie sehnte sich nach einer Schulter zum Anlehnen. Dabei musste sie an ihren Jugendschwarm Paul zurück denken. Sie war damals zarte achtzehn Jahre und sowas von verknallt. Paul… gross, blond, stark und bereits fünfundzwanzig. Doch Paul ging nach Kanada.
Kanada… seufzte Maja. Da ist es ja noch kälter als hier im Winter. Wann er wohl wieder zurückkommen würde? Neugierig was aus ihm geworden ist, war sie schon!
Sie musste unbedingt schlafen.

Maja war einfach zu müde um noch klar
zu denken. Am Morgen würde sie erst
einmal zu Doktor Taubert in die
Praxis fahren und die Reise an die
Ostsee für ihre Mutter abklären.
Sie freute sich darauf ihrer Mutter
etwas Gutes tun zu können.

4

Doktor Taubert war ein kleiner untersetzter Mann mit dicker Nickelbrille. In seinem Fach war er der Beste. Das Gespräch war kurz und es wurde alles geregelt. Eine Frau Selma Domhof wurde für ihre Mutter für vier Wochen engagiert. Laut der Aussage von Doktor Taubert war sie eine gute Pflegekraft und was er besonders hervorhob, sie war eine entfernte Verwandte von ihm. Da konnte ja gar nichts mehr schief gehen. Maja musste noch Koffer packen gehen und dann würden sie schon starten.

Nun sass sie am Steuer ihres alten Audis und holte mit Selma Domhof ihre Mutter von Davos ab. Der alte Audi hatte auch schon einmal bessere Zeiten erlebt. Er krachte an allen Ecken. So langsam musste er in Rente geschickt werden. Das Handschuhfach hielt nur noch mit einer dicken Paketschnur. Maja wusste sich zu helfen, wozu arbeitete sie für einen Künstler. Immer flexibel bleiben und Dinge benutzen die man auch für den

Zweck missbrauchen konnte. So hatte
sie es mit der Paketschnur getan.
Aber warum sie ausgerechnet eine rote
Schnur gewählt hatte, war ihr bis
heute noch ein Rätsel. Frau Domhof
musste auf dem Rücksitz Platz nehmen.
Man konnte die Beifahrertür nicht
mehr richtig öffnen und schliessen,
so blieb sie verschlossen. Dafür
standen jetzt 2 Koffer auf dem
vorderen Sitzplatz.

Maja wagte einen Blick in den
Rückspiegel und sah Frau Domhof
neugierig an. Sie sass aufrecht in
ihrem blauen Mantel auf dem rechten
Sitz. Die rechte Hand lag auf ihrem
Ausschnitt und hielt den Mantel fest
zusammen. Ihr war wohl kalt. Ihren
Mund umsponnen kleine Lachfältchen
und ein kleiner Leberfleck zierte
ihre Oberlippe. Die Frau sah
eigentlich gar nicht wie eine
Pflegerin aus, eher wie die beste
Freundin einer Freundin. Sie wirkte
weder streng noch mit ihrer Arbeit
verbunden.
Frau Domhof erwiderte jetzt Majas
Blick und lächelte freundlich.

Da haben sie aber eine schöne Reise
für ihre Mutter geplant, sagte sie.
Die Ostsee hat so ein gutes Klima. Es
wird ihrer Mutter gut tun. Darf ich
fragen wie alt ihre Frau Mama ist.

Maja schaute noch immer Selma Domhof
an.
Wissen sie Frau Domhof, begann Maja –
ich mache mir Sorgen um sie. Seit
dem Tot meines Vaters ist sie so
abwesend. Sie reagiert auf so viele
Dinge nicht mehr. Ich bemühe mich
nach Kräften für sie da zu sein, doch
ich habe auch einen Job. Ihr Asthma
wird auch schlimmer, deshalb hat
Doktor Taubert zu einer
Luftveränderung geraten. Es war wie
ein Sechser im Lotto, das mein Boss
an die Ostsee wollte. Ja und das auch
gleich für mehrere Wochen. Ich habe
nur unter der Bedingung zugesagt
mitzufahren, wenn meine Mutter auch
mitfahren darf. Sie ist jetzt
fünfundfünfzig und das Leben hält
noch so viele Überraschungen für sie
bereit. Meinen sie nicht auch Frau
Domhof?

So wir sind gleich da.

Als sie die Auffahrt der Klinik erreichten sah sie schon ihre Mutter. Sie sass stolz und nett anzusehen auf der Terrasse vor der Höhenklinik. Wer war der Mann neben ihr? fragte sich Maja.

Beim Näherkommen erkannte sie Doktor Taubert.

Ach hallo meine Damen, ich wollte sie noch verabschieden und eine gute Zeit wünschen, sagte er. Was ist das denn? dabei zeigte er auf Maja Wagen. Mit dem Auto sind sie aber nicht die ganze Strecke bis hier herauf gefahren. Sie wollen aber nicht bis zum Flughafen damit fahren. Er beäugte misstrauisch den Wagen von weitem.

Das kommt gar nicht in Frage Fräulein Fahrtmann. So lasse ich sie nicht fahren. Mein Wagen ist gross genug und vor allem sicher. Ich werde sie zum Flughafen bringen.

Ja dagegen war Maja machtlos. Wenn Doktor Taubert sagte das er sie zum Flughafen fuhr, dann fuhr er sie auch.

Die Koffer waren schnell umgeladen und Selma Domhof und ihre Mutter nahmen auf der Rückbank Platz und sie selbst auf dem Beifahrersitz. Es war

wohlig warm im Auto. Das Radio
spielte leise Tanzmusik und der Motor
schnurrte wie ein zufriedenes
Kätzchen.
Nach zwei Stunden Autofahrt
erreichten sie den Flughafen Kloten.
Maja drehte sich zu den beiden Damen
auf dem Rücksitz um. Ein Lächeln
huschte über ihre Lippen. Ihre Mutter
war eingeschlafen. Sacht weckte sie
sie und zeigte auf den Flughafen. Wir
sind da Mama… gleich geht es weiter
mit dem Flugzeug. Wir müssen noch
einchecken und das Gepäck abgeben. Du
wirst dich wohl fühlen an der Ostsee.
Ihre Mutter sah sie nur aus glasigen
Augen an. Nahm sie sie eigentlich
noch wahr? ging es Maja durch den
Kopf.

Am Check In warteten bereits ihr Chef
Gernot Metzer, Jacob und Tina Deetz.
Wie immer konnte Gernot Metzer nicht
still stehen. Er drehte seine Kreise
um Jacob und Tina.
Da seid ihr ja endlich Kindchen… Ich
dachte schon wir müssen allein
fliegen und ohne sie kann ich doch
nicht arbeiten. Maja hob den Kopf und
sah ihren Boss tief in die Augen.

Sie murmelte nur „so wird es wohl sein" und verkniff sich dabei ein breites Grinsen.

Doktor Taubert kam endlich zum Check In und nahm Maja beiseite. Fräulein Fahrtmann, sagte er sensorischer Stimme – wenn es ihrer Mutter schlechter geht oder sie Medikamente benötigt ist, auf der Insel ein Arzt vor Ort. Ich habe bereits mit ihm telefoniert und ihn ins Bild gesetzt. Hier … damit überreichte er ihr einen rosa Zettel, das ist die Adresse von dem hiesigen Arzt. Falls ihre Mutter Beschweren hat rufen sie ihn an. Damit ging er noch einmal zu Frau Fahrtmann um sich von ihr zu verabschieden. Maja sah ihm nach. Sie hielt immer noch den kleinen rosa Zettel in der Hand und betrachtete ihn. Wie alt mochte Doktor Taubert sein? ging es ihr durch den Kopf. Vielleicht um die sechzig und schreibt Nachrichten auf rosa Zettel… sie schmunzelte bei dem Gedanken. Es war keine Zeit mehr um sich weiter Gedanken darüber zu machen. Maja steckte den Zettel in ihre Hosentasche und nahm ihre Handtasche.

Der Flieger ging in einigen Minuten. Sie ging zu der kleinen Gruppe die auf sie wartete und verliessen den Check In.

Der Flug war angenehm. Mit ihren Kopfhörern auf den Ohren lauschte sie der Musik von den Bee Gees. Maja liebte diese Musik. In ihren Träumen tanzte gerade John Travolta zu „Saturday Night Fever" ihre Füsse wippten im Tankt dazu. Ihre Schultern zuckten im Takt vor und zurück. Ein Kopfnicken nach vorn und hinten vervollständigte ihren Flugtanz.

Maja lächelte in sich hinein als das Lied „Massachusetts" erklang und stellte sich das siebenjährige Mädchen vor, das mit ihrem Vater zu der Musik der Bee Gees tanzte. Er hatte eine milchkaffeefarbene Haut gehabt und seine graugrünen Augen strahlten sie jedes Mal an. Ihre Eltern waren glücklich, als Maja geboren wurde.

Maja erinnerte sich noch daran, wie ihre Tante Josefine damals gesagt hatte, man müsse sich am Augenblick erfreuen, denn das Leben sei so kurz. Sie hatte es damals nur als eine Art Floskel gehalten. Wenige Jahre später hatte sich herausgestellt das ihr

Vater unheilbar an Krebs erkrankt war. Maja war das Gefühl nie richtig losgeworden, das ihre Tante Josefine geahnt hatte, das das fröhliche Familienleben ein baldiges Ende nehmen würde. Maja musste an ihre Mutter denken. Sie hatte immer wieder ihr gesagt, das alles gut werden würde. Maja war siebzehn als das Leiden ihres Vater beendet wurde. Maja hatte ihren Vater geliebt, ja sogar bewundert wie tapfer er seine Krankheit und seine vielen Arztbesuche ertrug. Er hatte ihr die Liebe zur Kunst weitergeben, hatte sie gelehrt die Welt mit anderen Augen zu sehen. Sein tragischer Tod war schmerzlich für sie gewesen. Das Lied war zu Ende und Maja kehrte in die Wirklichkeit wieder zurück.

Um halb zwei landeten sie in Heringsdorf.
Jacob verlud ihr Gepäck gerade in den geräumigen Mietwagen. Stapel von Malblöcken fanden ihren Weg in den Kofferraum. Die Fahrt ins Ostseebad Sellin würde nochmals zwei Stunden in Anspruch nehmen.
Alle fertig… rief Maja. Auf zur letzten Etappe…

Sie blickte sich um und schaute ihre
Mutter erwartungsvoll an… nichts,
kein Lächeln, kein Augenzwinkern…

Maja lenkte das Auto auf die
Aalbecker Chaussee und sie fuhren ein
Stück umgeben von einer Landschaft
die einem den Atem rauben konnte.
Tina sass neben ihr und zeigte auf
einige Stellen in der Landschaft die
sie mit ihrer Kamera einfangen würde.
Sie passierten Sassnitz und fuhren
direkt auf Strahlsund zu und ab
Stahlrode mussten sie mit einer Fähre
weiter. Die Ostsee trennte dort den
Ort Stahlrode und die Insel Rügen.
Maja stellte den Motor ab du stieg
aus. Sie atmete die herrliche salzige
Luft ein.
Na … alles in Ordnung bei dir, fragte
Tina. Sie legte ihren Arm um die
Freundin und blickte in die Ferne.
Ich glaube Maja, das werden vier gute
erfüllte Wochen werden. Was ich jetzt
schon gesehen habe ist der Hammer.
Wenn mir dein Boss dann noch genauer
sagt, was er sucht, bin ich bei
einem gemeinsamen Projekt dabei.
Alles andere wird sich finden. Mhm…
murmelte Maja, für mich ist es viel
wichtiger das meine Mutter wieder sie

selbst wird. Ich habe so viele
Hoffnungen in diese Zeit. Frau Domhof
scheint auch ganz nett zu sein. Ich
habe sie beobachtet wie sie mit
meiner Mutter im Flugzeug versucht
hat zu reden.
Plötzlich legt sich eine Hand auf
Majas Schulter. Ein Grummeln erklang
an ihr Ohr. Kindchen… es wird alles
gut, glauben sie mir.
Gernot Metzer hatte also doch ein
zuckerweiches Herz. Maja lächelte ihn
an, wenn sie das sagen… wird es so
sein.
Schaut mal da drüben… Tina zeigte in
die Richtung der Landzunge. Das muss
die Insel Rügen sein. Wir haben es
fast geschafft.
Frau Domhof trat mit Maja Mutter zu
ihnen. Der Wettergott ist uns auch
gnädig, sagte Frau Domhof. Schauen
sie doch mal Frau Fahrtmann… ist das
nicht hübsch. Sie stützte Agathe
Fahrtmann und zeigte ihr die
Landschaft. Leichte rosige Wangen
hatte Agathe Fahrtmann von der
Seeluft bekommen. Steigen wir wieder
ein, wir werden bald anlegen.
Das Abenteuer Ostsee kann beginnen.

5

Als sie die Landstrasse verliessen
lenkte Maja den Wagen behutsam über
eine Bahnschiene. Sie sah ein kleines
Bahnwärterhäuschen was hübsch
angemalt war. Das musste sie sich
später noch einmal genauer ansehen.
Jetzt konnte sie nur zwei Menschen
erkennen die auf einer Bank sassen
und einen Mann der hinter ihnen
stand.
Schau mal Tina. Maja nickte in die
Richtung das Bahnwärterhäuschen. Wir
werden schon standesgemäss empfangen.
Dabei grinste sie breit.
Gernot Metzer beugte sich zu Maja
nach vorne. Wo denn? fragte er. Tina
zeigte in die Richtung.

Ach das war bestimmt wieder so ein
Hobbymaler der bezahlt wurde um das
Dorf einladender zu gestalten,
brummelte er. Sieht nett aus. Frau
Deetz das können sie ja in der Zeit
wo wir hier sind fotografieren. Ich
habe für sowas keine Zeit. Die Messe
nähert sich und ich möchte noch etwas
Neues auf den Markt bringen.

Damit lehnte er sich wieder in den
Sitz zurück.
Kindchen sind wir jetzt mal bald da,
quengelte er nun.

Maja beugte sich zu Tina und
flüsterte leise, „manchmal ist er wie
ein kleines Kind".
Sie lenkte den Wagen auf die
Hauptstrasse und folgte der
angegebenen Beschreibung der
Fahrtroute.
Das Navigationsgerät sagte in diesem
Augenblick: „ SIE HABEN IHR ZIEL
ERREICHT".
Beide Frauen sahen auf die
Häuserfront und suchten die
Hausnummer.
Da … rief Jacob von hinten und zeigte
auf ein schneeweiss gestrichenes
Haus.
Wow… entfuhr es ihm. Das sieht aber
schön aus.

Frau Domhof sah durch das
Autofenster. Ja , junger Mann ein
Traum in Weiss. Die vielen Balkone
sind auch recht hübsch. Fräulein
Fahrtmann wohnen wir dort?

Ich glaube schon, sagte Maja jetzt.

Maja lenkte den Wagen in die Auffahrt und stellte den Wagen auf dem grossen Parkplatz ab. Frau Domhof kletterte aus dem Wagen und umrundete ihn. Nahm den Arm von ihrer Patientin und versuchte sie behutsam aus dem Wagen zu helfen. Leider misslang ihr dieses Vorhaben.

Jacob können sie mir einmal helfen? fragte sie. Er rannte zu den Frauen und ergriff den Arm von Frau Fahrtmann und half ihr aus dem Wagen. So das hätten wir. Ich gehe mit ihr schon einmal zum Haus und zeige ihr den Garten.

Ja tun sie das Jacob und danke, sagte Frau Domhof gerade noch zu ihm. Dann wendete sie sich zum Kofferraum und half beim Auspacken. Maja holte einen Koffer nach dem anderen heraus.

Gernot Metzer wollte gerade mit seinem Rollkoffer verschwinden als Maja noch ein kräftige „ Hallo" ausrufen konnte.

Gernot das ist jetzt aber nicht ihr ernst, das sie mit nur einem Koffer verschwinden.

Kindchen der ist schwer…

Ja, sicher Gernot… und die Rollen an ihm sind noch schwerer, dabei lächelte sie ihn freundlich an.

Sie nahm den grossen Stapel mit
Zeichenblöcken und die Umhängetasche
in der viele Kleinigkeiten des
Künstlers verstaut waren und
überreichte sie ihm. So… jetzt können
sie gehen.
Das ist nicht fair, brummelte er. Ich
bin hier derjenige der das Projekt
angekurbelt hat und muss jetzt schon
arbeiten. Das ist nicht fair
Kindchen…

Kommen sie Gernot, wenn sie jetzt
noch weiter mit mir diskutieren gebe
ich ihnen noch ein Gepäckstück mehr.
Ich habe schliesslich die Reise
organisiert und jammere nicht. Also
jetzt los, je schneller wir den
Kofferraum leer haben umso schneller
können wir uns hier umsehen.

Müssen sie eigentlich immer das
letzte Wort haben Maja? fragte er sie
jetzt.

Maja lächelte ich freundlich an.
„ Ja…"

Nun, hopp hopp…
Frau Domhof möchte auch ihren Koffer
haben. Das Gepäck von Jacob und

meiner Mutter ist auch noch hier.
Also Gernot nicht vergessen wieder
zurück zu kommen, rief sie ihm nach.
Mit drei grossen Koffern beladen,
ging sie die steile Auffahrt hinauf
und sah sich um. Ein grosse Wiese
erblickte ihr Auge, ein kleiner
Spielplatz und einige Bäume und
Sträucher.
Maja war neugierig was sie erwartete.
Das Haus sah nett aus. Die weisse
Fassade entsprach der
Bäderarchitektur an der Ostsee, davon
hatte sie gelesen. Sie zählte an der
Vorderfront neun Balkone, es war ein
Haus das genau dem entsprach was sie
sich für vier Wochen Arbeit
vorgestellt hatte.
Mühsam bewegte sie sich weiter. Puh…
geschafft.

Soll ich dir etwas abnehmen Maja,
fragte Jacob.
Sie schüttelte den Kopf. Im Wagen
sind noch drei Koffer, wenn du so
nett wärst!
Klar mache ich, er lief bereits zum
Parkplatz.
Vielleicht war es doch kein Fehler
Jacob mitzunehmen. Er war nützlich,
das merkte sie jetzt schon. Maja

hatte nicht viel Hoffnung das Gernot
viel selbst arbeiten würde. Ja
Skizzen anfertigen und Plätze
aussuchen – das konnte er. Aber
kräftig zupacken liess er lieber die
Anderen.

Maja stellte ihre Koffer in die Diele
der Ferienwohnung und machte erst
einmal einen kleinen Rundgang.
Kochecke, Wohnstube, Schlafzimmer und
Bad – alles da was man für die
nächsten Wochen brauchen würde. Das
Schlafzimmer hatte ein Doppelbett,
das man auseinander stellen konnte.
Maja schob das zweite Bett an die
Wand um mehr Platz für ihre Sachen zu
haben. Der Laptop fand seinen Platz
auf der Frisierkommode.
Der Wohnbereich sollte ihr
Arbeitszimmer werden.
Perfekt… sagte sie zu sich selbst.
Der Balkon war himmlisch. Jetzt
schien die Sonne und kitzelte sie an
der Nase. Ein schönes Fleckchen Erde…
Hallo Frau Nachbarin…. hörte Maja
eine Stimme. Sie blickte sich um und
sah Tina neben sich. Schön ist es
hier, sagte sie. Ich habe schon meine
Fotoausrüstung ausgepackt, wenn es

nach mir geht, können wir heute schon
anfangen.
Das glaube ich nicht Tina, rief Maja
ihr lachend zu. Gernot wird froh
sein jetzt seine Ruhe zu haben.
Über ihnen erklang ein Ruf. Kaffee…
wer möchte von euch Kaffee. Semas
Kopf erschien auf dem Balkon über
ihnen.
Kaffee.. flötete sie noch einmal.
Hallo die Damen, ich habe eine grosse
Kanne Kaffee für uns alle gekocht.
Wenn sie möchten, kommen sie rauf.
Allerdings weiss ich nicht, wo dieser
brummige Mensch wohnt um ihn auch
einzuladen.
Maja grinste. Der brummige Mann Frau
Domhof ist mein Boss und heisst
Gernot Metzer. Hat er sich ihnen noch
nicht vorgestellt?
Selma Domhof schüttelte den Kopf, so
dass ihre Locken auf und ab wippten.
Ich hole ihn.
Er wird sicher sehr glücklich über
eine gute heisse Tasse Kaffee sein.
Zwei Minuten, wir sind gleich bei
ihnen.

Jacob und Gernot teilten sich eine
Ferienwohnung. Diese besass zwei
Schlafzimmer und für Gernot Metzer

war es angenehm zu wissen, dass sein
Mitarbeiter in seiner Nähe abrufbar
war.
Maja klopfte an die Tür und ging
hinein.
Ihr Boss lag auf dem Sofa und
schnaufte vor sich hin.
Hey… rief sie. Nicht schlapp machen,
es gibt frischen heissen Kaffee.
Auf… auf… ich bitte die Herren mir
zu folgen.
Mit einem Satz war Gernot auf den
Füssen. Bei dem Wort Kaffee konnte er
nicht anders.
Wo? fragte er.
Immer mir nach, sagte sie fröhlich.
Als sie die Ferienwohnung der beiden
Frauen Fahrtmann und Domhof erreicht
hatten, stieg ihnen der köstliche
Duft in die Nase.
Sie hatten auf dem geräumigen Balkon
den Tisch gedeckt und eine Dose mit
frischen Plätzchen stand auch neben
den Kaffeetassen.
Wo haben sie die denn her? fragte
Maja und zeigte auf die Keksdose. Oh,
lecker Schokoladenkekse… die mag ich
ganz besonders.
Greifen sie zu Fräulein Fahrtmann.
Ich hatte zu Hause noch schnell
einige Plätzchen vor der Abfahrt

gebacken. Ich dachte ihr Frau Mama würde sich darüber freuen. Nun sehe ich aber das wir sie uns alle schmecken lassen werden. Setzen sie sich doch bitte. Es ist genug für alle da.

Maja griff in die Dose und angelte nach einem Keks.

Oh herrlich, schon allein der Geruch. Sie biss genüsslich in die Masse und ihre Augen fingen an zu funkeln.

Wieso haben sie eigentlich keinen Mann? platzte es aus Maja heraus. Sie können so gut backen, das muss doch ein Männerherz erwärmen.

Maja… Tina stiess sie gegen ihr Schienbein.

Was denn, ist doch so.

Wissen sie Fräulein Fahrtmann, ich habe schon einige Männer kennen gelernt nur war eben der Richtige noch nie dabei. Irgendeinen Fehler fand ich immer. Und jetzt ist es eigentlich zu spät für eine neue Liebe.

Gernot Metzer sah Selma Domhof an.

Ich glaube gute Frau, es nie zu spät für irgendetwas. Das Leben kann schön

sein, wenn man es für sich so
gestaltet wie man es haben möchte.

Ahmen… knurrte jetzt Maja.

6

Maja wühlte in ihrer Hosentasche und
holte das rosa Papier hervor.
Frau Domhof… hier habe ich noch eine
Adresse von einem hiesigen Arzt.
Doktor Taubert hat ihn mir vor dem
Abflug überreicht.

Ein kräftiger Schlag liess den
Kaffeetisch erzittern.
Gernot? rief Maja aus…

Jetzt ist aber mal Schluss mit diesem
Fräulein Fahrtmann und Frau Domhof
oder wie alle hier heissen, entfuhr
es ihm.
Wir sind alle ab heute eine grosse
glückliche Familie und sollten uns
alle beim Vornamen ansprechen.
Das gilt auch für ihre Mutter und sie
Frau…. Dingsbums, sagte Gernot mit
einer brachialen Stimme.
Ich bin der Gernot, das hier… dabei
schlug er mit seiner Hand auf Jacobs
Schulter, ist Jacob. Fräulein
Fahrtmann ist die Maja und ihre
Freundin neben ihr ist Tina Deetz,
also Tina.

Sie sind… dabei sah er Selma Domhof
in die Augen, Selma… richtig?
Selma nickte ihm zu.
Und Majas Mutter ist … er sah Maja
jetzt an.
Agathe heisst meine Mutter, sagte
Maja schnell.
Richtig Agathe…
Damit wäre das auch erledigt. Danke
für den Kaffee Selma.
Aber jetzt brauch ich ein Stündchen
Schlaf. Die Fahrt war lang und ab
morgen wird gearbeitet.
Er stand auf und verliess den Balkon.
Drehte sich aber noch einmal um, um
zu sagen acht Uhr ist Arbeitsbeginn.
Damit wir erst gar keine anderen
Faxen machen, wie bei uns da heim.
Bis morgen also.

Selma blickte auf den rosa Zettel.
Sie las jetzt den Namen laut vor…
Paul Carstens, Wilhelmstrasse 16,
Sellin, Telefon 038303 31 38 99

Ein Flackern nahm Maja in den Augen
ihrer Mutter wahr.
Selma sagte sie gerade Paul Carstens?
fragte Maja noch einmal. Sie dachte
sie hatte sich verhört. Das konnte
doch gar nicht sein. Vielleicht ein

Name den es öfters gab. Paul
Carstens…
Selma nickte. Den Namen hat Doktor
Taubert hier notiert.
Sie reichte den Zettel Maja. Da stand
wirklich Paul Carstens. Kein Irrtum.

Dem musste sie auf dem Grund gehen.
Wenn es nun wirklich ihr Paul war.
Nach all den Jahren… dachte sie. Er
war doch nach Kanada gegangen. Hatte
es ihm da vielleicht nicht gefallen,
so dass er nach Deutschland
übergesiedelt ist. Aber warum ist er
nicht zu ihr zurückgekehrt?
Ich möchte mich noch etwas hier
umsehen, sagte Tina gerade. Maja
magst du mich begleiten. Die Sonne
wärmt noch so schön, schwärte sie
weiter. Maja… hörst du mir eigentlich
zu!
Maja nickte nur.
Sie standen auf und verliessen den
Balkon. Maja fiel gerade noch ein,
das ihre Mutter mit am Tisch sass.
Gehen sie ruhig Maja, sagte Selma.
Ich bin ja da.
Danke… sagte Maja jetzt lächelnd. Sie
gab ihrer Mutter einen Kuss auf die
Wange und liess die Frauen dann
allein.

7

Ach Tina …. Seufzte Maja jetzt. Ihr Blick wanderte zurück zu ihrer Mutter. Manchmal habe ich das Gefühl das sie nicht mehr leben will. Sie ist so… so nichtanwesend. Ja genau das ist das Wort „nichtanwesend". Ich kann es nicht besser beschreiben. Hoffentlich tut ihr die Luft hier gut. Doktor Taubert war davon überzeugt dass eine Veränderung jetzt genau das richtige wäre.

Komm Maja, sagte ihre Freundin jetzt. Lass Agathe bei der freundlichen Selma, die werden sich schon amüsieren. Dabei grinste sie breit. Du brauchst auch etwas Erholung, bevor du deinem Knochenschinder wieder zur Verfügung stehen musst. Ich dachte nicht das Metzer so ein Tyrann ist und alles nach seiner Pfeife springen muss.
Schau dir doch einfach mal die Landschaft an. Dabei drehte sie sich im Kreis. Die Sonne lächelt uns an und alles erblüht. So viele verschieden aussehende Sträucher und Bäume. Komm jetzt wir gehen jetzt die

Umgebung erkunden, dabei hakte sie
sich bei ihrer Freundin ein.
Maja wollte noch etwas sagen, doch
Tina schnitt ihr energisch mit einer
Handbewegung das Wort ab.

Komm…. Und sie zogen los.

Ihre Ferienwohnungen lagen auf einer
kleinen Anhöhe. Umgeben von Häusern
in demselben Baustil. De
Bäderarchitektur sah reizend aus.
Jedes Haus erstrahlte in einem
weissen Farbton. Es schien das
reinste Paradies zu sein. Beide
Frauen bogen gerade auf die
Wilhelmstrasse ein, als eine kleine
blaue Bimmelbahn um die Kurve
manövrierte. Viele neugierige
Touristen sassen drin und drückten
ihre Nasen an den Fensterscheiben
platt.
Das fängt ja schon gut an, flüsterte
Maja Tina ins Ohr. So viele Touristen
auf einem Haufen. Da wird Gernot aber
schnell die Lust am Arbeiten hier
vergehen. Der mag seine Ruhe um sich
rum. Du hast ihn ja selbst
kennengelernt, er ist eben…. *(ja wie
war er eigentlich – ihr viel kein*

besseres Wort ein) na er ist eben
GERNOT METZER.

Schau doch mal Tina. Lust auf Eis?
Auf der anderen Strassenseite, genau
vor einer weissen Villa war ein
Eiscafé. Sie überquerten die Strasse
und lugten in die Auslage.
Vanilleeis, Schokoladeneis,
Erdbeereis, Kiwi Eis, Meloneneis….
Och… so viele Sorten, wie soll man
sich denn da entscheiden!
Tina liess sich eine Kugel Vanille
und eine Kugel Stracciatella ihre
Eistüte füllen. Maja nahm statt der
Vanille noch eine Kugel Kiwi Eis.
Damit schlenderten sie die
Wilhelmstrasse weiter entlang.
So könnte das jetzt aber auch weiter
gehen, plauderte Tina vor sich hin.
Ein Luxusleben, Sonne – Eis - Strand
und die Ostsee.

Machst du Selbstgespräche Tina?
fragte Maja sie jetzt.
Wir sind zum Arbeiten hier, schon
vergessen!

Aber sieh dir das doch mal an. Vor
ihnen lag langausgestreckt die
Seebrücke und an ihrem Ende thronte

ein prächtiger weisser Bau. Das
musste ein Café sein. Vor dem
grosszügigen Haus standen kleine
Tische mit Sonnenschirme. Sie gingen
noch ein Stück näher heran und sahen
jetzt auch den Zugang zu der
Seebrücke.
Wow, entfuhr es Maja. Wie viele
Stufen das wohl sein mögen?
Da ist ein Schild mit einer Anzeige
drin, sagte jetzt Tina zu Maja.

Gross auf dem Plakat thronte die
Seebrücke in der Abendsonne.

Darunter stand:
„Bei leichter Sommerbrise auf der
Sonnenterrasse über dem Meer genießen
Sie Kaffeespezialitäten und „Gelato
de Luxe" von Giovanni L. oder duftige
Kuchen aus der Privatkonditorei. Das
Restaurant serviert frisch gefangenen
Fisch, Fleischgerichte nicht nur für
Kerle und spannende Specials für die
Kleinen."
Öffnungszeiten. 11-22.00 Uhr

Hey, schau mal Maja. Die haben auch
Livemusik hier. Also wenn uns am
Abend nichts Besseres einfällt,

fallen wir doch hier dann ein. Dabei grinste sie frech.

Den ein oder anderen gutaussehenden Insulaner wird es doch hier auch geben.

Jetzt hör schon auf Tina. Maja sah ihre Freundin ungläubig an. Gedankenvoll sah Tina sie an, während sie weiter bummelten. Maja versuchte die Kennzeichen der parkenden Autos zu entschlüsseln. Einige waren ihr bekannt. Sag weißt du was das Kennzeichen WAK bedeutet. Tina schüttelte ihren Kopf. Ist aus Deutschland …aber woher genau! Sie zuckte mit den Achseln. Da ist noch ein anderes BB… wird ja nicht Brigit Bardot heißen, dabei schmunzelte Maja.
Das weiß ich zufällig. Ich war vor einigen Jahren in Stuttgart wegen eines Auftrages. Das BB steht für Böblingen. Aber jetzt hör auf mit dem Quatsch. Es gibt bessere Aussichten als alberne Autokennzeichen.

Wieso warst du vorhin so verstört als die nette Agathe die Adresse von diesem Arzt vorlas?

Ach nichts weiter…. log sie.
Komm schon, raus damit. Doktor
Taubert hat die Adresse von einem
hiesigen Arzt gegeben. Und … naja der
heißt genauso wie meine Jugendliebe.
Das ist bestimmt nur ein Zufall. Das
kann gar nicht sein. Paul ist in
Kanada.
Maja versuchte sich mit diesem
Gedanken selbst zu beruhigen.

Und wenn es doch „dein" Paul ist?
hakte Tina nach
Was wirst du tun?
Wirst du ihn denn überhaupt
wiedererkennen?

Diese Frage beunruhigte Maja sehr.
Warum sollte sie ihn nicht
wiedererkennen? Sie sah ihn noch
genau vor sich. Fünfundzwanzig Jahre
alt, schlank und sehr attraktiv.
Natürlich hatte sie nur den jungen
Paul vor Augen. Aber manchmal sah sie
auch den etwas reiferen Paul vor
sich. „In den letzten zwölf Jahren
konnte er sich doch nicht so sehr
verändert haben" meinte sie.

Maja zwölf Jahre sind eine lange
Zeit. Vielleicht hat er Familie!

Aber wenn ich es mir recht bedenke,
von Kanada bis hier an die Ostsee zu
kommen, ist es schon ein großer
Unterschied.

Tina… er ist einfach so gegangen.
Ohne ein Wort des Abschieds.
Einfach so….
Ich war damals grade mal achtzehn
Jahre.
Paul hat mir das Herz gebrochen.

Tina nickte nur und schwieg

8

„Ist das nicht Chantal Jacobs?"
Wo? fragte Tina Maja verwirrt

Wer ist Chantal Jacobs? Welche Mutter
gibt ihrer Tochter den Namen Chantal?
Klingt wie eine vergammelte
Kaffeemarke. Tina ah Maja immer noch
verwirrt an.

„Das muss sie sein!" sagte Maja wie
zu sich selbst. Sie gab ihrer
Freundin einen freundschaftlichen
Schubs in die Rippen und beide
starrten sich mit offenem Mund an.

Eine junge Frau, mit oxydblonden
langen Haaren sprang aus einem roten
Cabrio. Ihre Haare wehten im
Ostseewind. Sie trug eine sportliche
Jeans und eine grasgrüne Bluse mit
weissen Tupfen. Ihre braungebrannte
Haut zeigte das sie oft das Solarium
besuchen musste. Wer hier lebte,
wurde nicht so Braun. Ausserdem war
es erst Anfang Juni, da schien es
unmöglich das Chantal sich so der
Sonne bereits ausgesetzt hatte.

„Das ist sie wirklich!" wiederholte Maja, dann sagte sie im Flüsterton zu Tina. Ihr Vater hatte früher ein riesen Baugeschäft und machte mit den Obersten Zehntausend Geschäfte. Sie war immer total chic und angesagt bei uns im Ort.

Naja, was soll's… sie macht sicher in so einem superteuren Hotel Urlaub. Mit Wellness und allem Luxus den es gibt. Champagner am Morgen und Kaviar am Abend.

Das letzte was ich von ihr gehört habe, war das sie sich einen ganz tollen Hecht geangelt haben soll.

Du meinst einen tollen Mann, Maja. Ja, so wie sie aussieht kann sie jeden um ihren Finger wickeln.

„Das ist doch verrückt, das ich sie ausgerecht hier wiedersehe!" Schau dir das einmal an, der Kleine Dicke in der kurzen Hose – der gafft sie ganz ungeniert an. Dem fallen gleich die Augen aus dem Kopf. Auweia… dem läuft der Speichel schon aus dem Mund.

„Iiiiii das ist ja eklig“, quiekte Maja.
Maja musste wohl etwas zu laut gewesen sein, denn Chantal drehte sich just in diesem Augenblick um.

Sie blinzelte mit ihren Augen, klimperte ein, zweimal mit ihren langen Wimpern und dann erschien ein breites Lächeln auf ihren Lippen.
Chantal winkte zu ihnen herüber.
„Meine Liebe“, sagte sie gestelzt.
Ja, kann es denn möglich sein das wir uns hier wiedertreffen. Wie lange ist es her? Ach, was ist schon Zeit! Maja Fahrtmann so wie ich sie kenne. Das ist wirklich eine Ewigkeit her, das wir uns zuletzt gesehen haben.
Was machst du hier?
Ich dachte zu bist noch in unserem kleinem Dorf zu Hause. Zu mindestens war das das letzte was ich von dir gehört habe. Aber das ist ja auch schon wieder eine ganze Weile her, sie machte eine abwerfende Handbewegung.
Ich habe es nicht mehr im meinem Liebsten in Quebec ausgehalten. Ich brauchte wieder Leben um mich herum und nicht nur Provinz und diese grässlichen Menschen. Seit drei Jahre

sind wir jetzt Insulaner. Noch gefällt es mir ganz gut. Nicht wahr, es ist fast vollkommen hier. Du hast die Ostsee, tolle Hotels und den ein oder anderen Prominenten bekommt man auch zu Gesicht.
Chantal war eine schöne, grosse, schlanke Frau von einunddreissig Jahren. Ihr Gesicht wirkte sehr schmal durch die Bräune und ihre schmalen, klugen Augen ruhten jetzt auf Maja.

Wie ich gehört habe, arbeitest du für einen ganz berühmten Künstler! Den würde ich gern einmal kennenlernen. Das ist ja so aufregend. Prominent sein ist in unserer Gesellschaft wichtig, sonst ist man doch ein Niemand.
Naja, du bist ja schon immer eher die praktische Person gewesen. Chantal griff nach ihrer Perlenkette, die sie um den schlanken Hals trug.

Tolle Kette haben sie da, mischte sich nun Tina ein. Sie das echte Perlen?

Ach, die… ja die sind echt. Ich trage keinen Modeschmuck oder unechte Sachen. Sie sehen alle so billig aus.

Au ja…, billig sehen die gewiss aus und besonders an so einer überkandidelten Person wie dir ging es Tina durch den Kopf.
„Sie müssen ein kleines Vermögen wert sein!"

„Ungefähr Dreitausend."

Ein hübsches Sümmchen tragen Sie da mit sich herum! Haben sie nicht Angst, das sie einmal überfallen werden könnten und man ihren schönen Schmuck stiehlt? Tina sah Chantal mit grossen Augen an.

„Aber nein." Die Perlenkette trage ich täglich und sie ist auch gut versichert.
Also wenn etwas passiert, zahlt die Versicherung den Schaden.

Ihr Handy klingelte. Chantal ging ran.
„Hallo Schätzchen… du wirst es nicht glauben wen ich hier gerade getroffen haben. Was … du musst einen

Hausbesuch machen? Schon wieder… gab sie nörgelnd ins Telefon. Schätzchen du lässt deine Frau viel zu viel allein. Das ist nicht schön… muss ich mir einen Liebhaber suchen?"

Tina und Maja versuchten dem Gespräch nicht zu folgen.
Die Wörter „ Schätzchen" und „Liebhaber" drangen aber dann doch an ihre Ohren.

„Wunderbar… dann sehen wir uns um zehn. Ich stelle schon mal eine Flasche Champagner kalt."

Das war mein Mann, sagte Chantal zu den beiden Frauen. Ach, wir sind ja immer noch so verliebt wie zu Beginn unserer Beziehung.

Chantal es war schön dich wieder zu sehen. Aber wir müssen jetzt weiter. Es gibt Menschen die für ihr Geld arbeiten müssen. Mein Boss wird schon auf uns warten.

Maja, bitte denkt doch daran, das ich deinen „Künstler" gern kennenlernen würde. Ich kann sicher eine Menge Einfluss hier auf einige wichtige

Leute ausüben. Ich gebe in der nächsten Woche eine Dienerpartie auf der Seebrücke. Ihr seid alle herzlich eingeladen. Wir waren ja noch nie besonders gute Freundinnen, aber Feindinnen waren wir auch nicht. Daher denke ich wir werden uns gut amüsieren.

Wieso Feindinnen? Maja sah sie verblüfft an.

Maja… begann Chantal. Du bist so verdammt strebsam und tüchtig. Arbeitest für deinen Unterhalt hart. Und mir ist es einfach in den Schoss gefallen. Die Jungen standen immer mehr auf mich, als auf dich. Eben… wir waren keine Feindinnen. Du tust immer das Richtige. Chantal nahm sich eine Zigarette mit ihren langen Fingern aus der silbernen Zigarettenschachtel. Zündete sie sich an und stiess den Rauch aus. Du hast mir es mir nie nachgetragen, das ich mit Paul weggegangen bin.

Baff… das sass. Was? Du und Paul! Das wusste ich gar nicht. Na herzlichen Glückwunsch.

Das ist doch Unsinn wegen einem Mann
Feindinnen sein zu sollen.

Komm Tina. Gernot wartet auf uns. Ich
werde ihm deine Einladung ausrichten.
Wir wohnen im „Haus Concordia", da
kannst du deine Einladung für Herrn
Metzer hinschicken.

Maja und Tina hackte sich unter und
liessen Chantal etwas irritiert
stehen.

9

Gernot Metzer sass gemütlich in einem Liegestuhl auf der grünen Wiese. Eine Pappel spendete ihn den nötigen Schatten. Seine Augen ruhten auf der anmutigen Bäderarchitektur seines vorübergehenden Feriendomiziles. Das hatte Maja ganz ausgezeichnet organisiert. Kein störendes Element störte den schweifenden Blick. Das Haus hatte Charme. Hinter dem Haus, befand sich noch ein weiterer Gebäudeteil. Der aber zu dieser Jahreszeit noch unbewohnt war. Sie waren ganz allein auf dem riesigen Gelände. Gebadet im Licht der Frühlingssonne bot das Haus Concordia einen prachtvollen Anblick. Seine Fassade erschien in strahlendem Weiss. Gernot sah jetzt aber nicht nur das Haus vor sich, sondern was das Haus mit sich brachte. Die weissen hübschen Balkone waren sehr anmutig. Auf dem Balkon im ersten Stock erschien eine Gestalt. Selma Domhof stand in einem geblümten Kleid auf dem Balkon und winkte ich zu.

Er war von der Frau etwas irritiert. Irgendetwas störte ihn an ihr. Er konnte es nicht benennen.
Diese schnelle Entscheidung als Pflegerin für Agathe Fahrtmann einzuspringen, war doch sehr mysteriös. Sein gesunder Menschenverstand sagte ihm, das da etwas nicht stimmte. Er fand es erstaunlich, wie sich alles so schnell regelte. Von Maja wusste er das sie sehr flexibel war und mit seinen Gedanken mithalten konnte. Jacob musste mit ihm mit, denn er brauchte den Jungen.
Im Geiste schmiedete er angenehme Pläne für die Zukunft. Er musste auch an die bevorstehende Messe denken. Bis dahin waren noch viele Ideen zu verwirklichen. Er wollte Frische in seine Werke bringen. Gernot Metzer träumte in der Sonne.

Es war bereits sechs Uhr als Tina und Maja zurückkehrten. Sie sahen Gernot im Liegestuhl vor sich hin träumen.
                „Erwischt"
Wie war das doch gleich mit der Arbeit die hier verrichtet werden soll. Ich kann es ja nicht glauben. Der berühmte Gernot Metzer liegt hier

faul in der Sonne und träumt vor sich
hin.
Gernot blinzelte den Frauen zu und
streckte sich.
Meine Damen, was sein muss - muss
sein. Morgen wird geackert.
Wir hatte alle eine lange Fahrt und
ich habe einen Bärenhunger.

Was ist denn da drin.
Gernot zeigte auf die Papiertüte in
Majas Hand.
Das ist nichts für sie Gernot!
Woher willst du das denn wissen
Mädchen? Komm zeig mal.
Wir waren vorhin an der Seebrücke und
da war ein Stand mit vielen
verschiedenen Fischbrötchen.
Matjesbrötchen, Brötchen mit
Backfisch, dann welche mit
Bismarckhering belegt. Wir konnten
einfach nicht wiederstehen.
Zur Einstimmung auf unsere zukünftige
Zeit hier auf der Insel. Tatarata… !
unser Abendessen. Maja liess die
Papiertüte in ihrer Hand hin und her
schwenken.

Gernot griff nach der Tüte und griff
hinein.
„Metzer?"

Was denn… fragte Gernot Metzer mit
vollem Mund.
Schön wenn es schmeckt. Ich denke
Tina, die restlichen Fischbrötchen
bringen wir mal in Sicherheit. Wenn
Gernot einmal etwas zu Essen sieht,
dann hört er so schnell nicht mehr
auf.
Gar nicht wahr! protestierter Gernot
mit vollem Mund.

10

Paul sass mit Chantal im Wohnzimmer und sah sich um. Seine Beziehung hatte durch den abrupten Umzug gelitten. Sie gab wieder einmal eine ihrer typischen Cocktailpartys, seit sie auf der Insel waren. Er würde sich wohl nie an dieses Chici Miki Gehabe gewöhnen. Heute fragte er sich zum wiederholten Male, warum er sich für Chantal entschieden hatte. Hatte er sie je wirklich jemals geliebt? Er müsste Lächeln als ein „Kabarettist der ihm bekannt sein musste" mit einem karierten Hemd und zerschlissenen Jeans zur Party erschien. Pauls Erinnerungen an Kanada waren noch immer präsent. Er mochte dieses Land. Kanada war weit weg von seiner damaligen ersten Liebe. Er seufzte. Sein Bild von Rügen bestand damals aus wenigen Eindrücken aus dem Fernsehen. Berichte über die Insel fand er ganz charmant und heute lebte er mit seiner Frau hier. Sie wollte unbedingt eine Veränderung.

Er hört eben noch Chantal sagen, er war früher ein fürchterlicher Rüpel! Doktor Frank Coelle schüttelte den Kopf. „ Nein, das kann ich mir nicht vorstellen." Sie haben doch so einen guten Geschmack und von unserem Kollegen Doktor Carstens hört man nur Gutes.

Ja, jetzt vielleicht Herr Doktor. Aber bis dahin war ein weiter Weg, sagte Chantal schnippisch.

Chantal schüttelte ungeduldig den Kopf. Widerworte duldete sie nicht.

Ach, da ist ja auch Doktor Franz. Darf ich die Herren bekannt machen. Doktor Coelle das ist unser geschätzter Herr Doktor Vilija Franz und seine Gattin Elena.

Hallo Schätzchen schön das ihr gekommen seid. Ich habe gehört das ihr auf der Suche nach etwas grösseren zum Wohnen seid. Habt ihr euch schon einmal auf der Wilhelmstrasse umgesehen. Da stehen prächtige Villen.

Entschuldigen sie mich bitte für einen kurzen Augenblick.

Chantal steuerte auf Paul zu.

Schätzchen, wir haben Gäste.

Meine Liebe, du hast wieder einmal Gäste. Ich habe mich nach Kräften

bemüht pünktlich zu sein. Es wäre
sehr nett von dir, mir vorher
rechtzeitig Bescheid zu geben damit
ich meine Hausbesuche nach deiner
Dinnerparty ausrichten kann. Es ist
ja eine Verschwendung das Menschen
weil sie krank sind, meine Hilfe
benötigen. Paul sagte diese Worte mit
in solch einem bitteren Tonfall, das
plötzlich Ruhe im Raum herrschte.

Wie kannst du es wagen? keifte
Chantal ihren Mann an.
Chantal runzelte die Stirn, Paul
lachte hart auf. „Gib zu du bist eine
Tyrannin, ein hübscher, wenn du
willst, aber eben eine Tyrannin.

„Chantal Jacobs Carstens, kannst du
mir vielleicht einmal sagen ohne vor
Verlegenheit gleich rot zu werden,
wann zu einmal nicht deinen Willen
durchgesetzt hast!"
Paul sah seiner Frau tief in die
Augen.
„Bei vielen Gelegenheiten."
Oh, jetzt bin ich aber einmal
neugierig!
Nenn, mir nur ein Beispiel, nur ein
einziges Beispiel wann es nicht so
war. Siehst du, du kannst es nicht,

selbst wenn du tagelang oder sogar Wochen nachdenken würdest. Alles geht nach deiner hübschen Nase.

Chantal stand mit offenem Mund da.

„Du hältst mich für oberflächlich, selbstsüchtig? fragte sie nun scharf.

Nein, nur für unwahrscheinlich unwiderstehlich, sagte er mit zusammengebissenen Zähnen. Die Kombination von Schönheit, Anmut, Charme und Geld macht es. Du musst doch selbst zugeben, dabei zeigte er in die Runde, die Herren liegen dir doch zu Füssen. Wenn du etwas nicht mit Geld kaufen kannst, setzt du dein charmantestes Lächeln ein um deinen Willen durchzusetzen.

Chantal die „Grosse" – Chantal die „Schöne".

Was sie will, bekommt sie!

Rede doch keinen Unsinn Paul. Nun hast du denn nicht alles was du willst?

Chantal sah ihren Mann an und dann zu ihren Gästen. Mein Mann macht wieder einmal einen seiner charmanten Witze.

„Ja, es wird wohl so sein. Aber es klingt irgendwie abscheulich in meinen Ohren. Frauen wollen doch nur verwöhnt werden."

Hab ich Recht, meine Herren?

Leise flüstern hauchte sie ich sein Ohr. „Versteh mich doch, bitte. Ich wollte immer nur dich, sagte sie in einem kindlichen Tonfall. Ich geniesse mein Leben so wie es ist. Besonders wenn du einmal Zeit für mich hast."

Sie machte eine vage Handbewegung. Ich möchte hier auf der Insel leben und Spass haben. Das Leben ist zu kurz um nur zu arbeiten. Wozu auch… mein Geld reicht für uns Beide.

Du bist ein kluges Mädchen Chantal. Aber nicht klug genug. Ich brauch dringend frische Luft.

Entschuldigen sie mich bitte. Paul verliess den Wohnraum und ging auf die Terrasse. Dort atmete er tief ein und versuchte sich zu beruhigen.

Wie oberflächlich Chantal doch war. Wieso hatte er das nicht schon viel früher bemerkt? Liebe macht blind!

11

Maja Fahrtmann sass auf dem Balkon und lehnte sich in ihrem Stuhl zurück. Sie gähnte, es war bereits weit nach Mitternacht. Sie sah auf die vor ihr liegende Landschaft. Die Bäume bewegten sich in der leichten Brise des Ostseewindes. Vereinzelt konnte sie noch Lichter in den Häusern entdecken. Sie warf einen kurzen Seitenblick auf ihre Mutter. Bist du noch gar nicht Müde? Agathe Fahrtmann sass in ihrem Stuhl und blickte in die Ferne.
Tina und Selma schliefen schon längst.
Sie fragte: „Gefällt dir es hier?"
Ein leises Schnaufen ertönte. Ist dir nicht zu kalt? Der Wind ist etwas frisch!
Er fehlt mir…
Mama…wer fehlt dir?
Wie vom Donner gerührt, wusste Maja von wem ihre Mutter sprach. Ja, er fehlt mir auch. Papa war schon ein Original. Als ich Kind war hat er immer ganz viele Spässe mit mir gemacht. Daran kann ich mich

erinnern. Mhm… kam es wieder von ihrer Mutter. Ein grosser schmaler, magerer Mann mit dunklen Haaren. Seine Lippen waren immer zu einem Lächeln geformt, sogar als es ihm nicht gut ging.
Ja… von ihm hast du deine kreative Ader.
An was denkst du Mama?
An dich… nur an dich.
Danke
Morgen gehen wir an den Strand. Der Sand ist ganz warm, wenn die Sonne am Vormittag ihre Strahlen auf ihn ausbreitet.

Maja lachte. Sie stand auf und streckte sich. Sie sah plötzlich munter und sehr unternehmungslustig aus. Ihre Stimme hatte einen erregten Unterton. Sie vibrierte förmlich.
Mama.. es wird alles wieder gut und du gesund.
Das spür ich einfach. Es ist so schön hier und auch du wirst die Insel in einigen Tagen erkunden können. Um das Finanzielle musst du dir keine Gedanken machen. Gernot, also Herr Metzer bezahlt mich ganz anständig. Und wenn di ganz gesund bist, werden

wir dir eine kleine Wohnung in meiner
Nähe suchen.
Vielleicht möchtest du auch einen
Hund oder eine Katze. Das bist du
dann nicht so allein.
Weisst du wen ich heute getroffen
habe. Kennst du noch Chantal Jacobs?
Sie lebt hier auf der Insel und hat
sich kein bisschen verändert. Sie ist
immer noch so hochnäsig und von sich
selbst überzeugt wie damals.

Ich glaube, morgen sind wir
Stadtgespräch hier in Sellin. Nächste
Woche will sie eine Dinnerparty geben
und hat uns eingeladen. Sogar Gernot
will sie kennenlernen, weil er eine
Berühmtheit ist.
Sie hat sich kein bisschen verändert.
Das macht mir Angst.

Mama… hab ich mich verändert? fragte
Maja leise.

Als Antwort auf ihre Frage, gab
Agathe ihrer Tochter ein strahlendes
Lächeln.

Lass und schlafen gehen, mein Kind.
Ja du hast recht Mama.

Gehen wir schlafen, morgen sieht die
Welt ganz anders aus.

„Liebes"… Maja wollte soeben den Raum
verlassen, doch sie hielt inne.
„Danke" dabei lächelte Agathe
versonnen ihre Tochter an.

12

Paul Carstens betrat das grosse
Ferienhaus.
Frau Domhof sie hätten mich anrufen
sollen, als sie ankamen.
Doktor Taubert hat mich bereits
benachrichtigt, das sie eine ältere
Dame hier pflegen und für mich als
Ansprechperson dienen.
Wie geht es heute ihrer Patientin
Frau Domhof.

Sema Domhof trug ein safrangelbes
Kleid mit einem kleinen schwarzen
Kragen. Um ihren Hals lag eine Kette
aus dicken bunten Glasperlen. Ihre
Haare trug sie kurz geschnitten.

Das ist Agathe Fahrtmann, mein
Schützling für die nächsten Wochen,
sagte Selma Domhof. Sie sass in einem
Korbsessel auf dem Balkon.
Den Korbsessel hatte Selma sich bei
Gernot Melzer gestern ausgeborgt. Sie
fand, er bräuchte ihn nicht. Er
wollte ja hier seinen Inspirationen
nachgehen und war da wahrscheinlich

immer unterwegs. Also schnappte sie sich den hübschen Korbsessel von seiner Terrasse und nun durfte Agathe darin gemütlich sitzen.

Agathe beobachtete die zwei entfernt stehenden Gestalten.

Der Herr Doktor sieht gut aus, dachte sie bei sich.
Schade das Selma so ein missmutiges verdrossenes Gesicht machte. Sie hatte sie gestern Lächeln sehen und da hatte ihr kleiner Leberfleck wie ein Kobold angefangen zu tanzen.
Vielleicht ist sie immer so mürrisch am Morgen. Es gab ja schliesslich solche Morgenmuffel, die erst am Nachmittag richtig zu Höchstformen aufliefen.
Bisher war Selma sehr nett zu ihr gewesen.

Selma und Paul Carstens gingen zu ihr auf den Balkon und betraten den kühlen schattigen Fleck.
Paul sprach in einem sehr freundlichen Plauderton zu Agathe. In seiner linken Hand trug seinen Arztkoffer. Er hielt ihr seine rechte

Hand entgegen und begrüsste sie freundlich.

„… einfach reizend sie kennenzulernen", ich habe schon viel von ihnen gehört Frau Fahrtmann. Es ist doch ein Traum hier auf der Insel. Finden sie nicht Frau Fahrtmann?

Oder sind sie anderer Meinung Herr…..?

Neben Frau Fahrtmann sass zu dieser Stunde noch Gernot Metzer. Er nippte gerade an seiner Tasse Kaffee.

Ich heisse Metzer, junger Mann. Gernot Metzer… Agathe ist die Mutter meiner Assistentin. Wir haben es uns ein wenig zusammen gemütlich gemacht.

Herr Metzer begann Paul von neuem… finden sie es nicht auch hier sehr schön? Die Weite… das Meer… die Luft…

Gernot Metzer sagte schroff: „Vermutlich haben sie recht, aber ich finde Sellin ist doch recht winzig. Ich habe noch nicht allzu viel von diesem Örtchen hier sehen können." Einige Ferienwohnungen stehen leer und die Bauten sind sicher um die

Jahrhundertwende gebaut worden sein.
Alles nur ein wenig aufgehübscht.
Paul Carstens lächelte. „Ja, da haben
sie wohl recht Herr Metzer.‟ Aber man
hat sich hier sehr grosse Mühe
gegeben, alles so schön wieder
aufzubauen und zu restaurieren.

Frau Fahrtmann… kann ich etwas für
sie tun? Paul Carstens sah seine neue
Patientin in die Augen.
Sein Blick fiel auf ein Buch auf dem
Tisch. Mögen sie Krimis Frau
Fahrtmann?
Ihre Augen begannen zu leuchten.

Leider interessiere ich mich
überhaupt nicht für solch einen
Lesestoff. Wenn ich einmal über freie
Zeit verfüge, gehe ich an den Strand
und surfe.

Mama… bist du da? rief eine
Frauenstimme aus dem Inneren der
Ferienwohnung.
Maja kam mit Tina auf den Balkon und
blieb abrupt stehen.

Hallo!
Paul blieb wie angenagelt stehen.
Ich wusste nicht…stammelte er.

… ja, ja du wusstest nicht das Agathe Fahrtmann meine Mutter ist. Doktor Taubert hat dich bestimmt von unserem Besuch in Kenntnis gesetzt, sonst wärst du doch nicht hier?
Schön dich so gesund und munter zu sehen.

„"Hallo…. ? Fahrmann, was sagt dir der Name. Maja wurde ironisch.
Gut zu wissen, dass du mich so schnell vergessen hast.
Ach, ja schönen Gruss an deine Frau. Chantal hat sich gar nicht verändert. Wir trafen sie gestern vor der Seebrücke. Ich hoffe ihr seid glücklich miteinander.""

Maja und Tina überliessen Agathe, Gernot und Selma ihrem Schicksal und verliessen die Wohnung. Dann traten sie ins Freie und gingen die Wilhelmstrasse hinunter zur Seebrücke. Unten angekommen, wollte gerade ein Schiff anlegen.
Die MS Adler- Mönchgut legte gerade an und Maja und Tina betrachteten die Passagiere voller Neugier.
Ziemlich viele Menschen, bemerkte Tina.

Sie wandte den Kopf um, als Jacob sich zu ihnen gesellte. Er atmete hastig, als sei er hinter ihnen hergelaufen.

Die drei standen einige Minuten schweigen nebeneinander, dann sagte Jacob mit traurigem Blick auf die aussteigenden Passiere des Schiffes: „Das würde ich auch gern einmal erleben!"

Ja, sicher würdest du es gern, stimmte Maja ihm zu. Wenn wir etwas Zeit haben, werden wir alle eine schöne Schiffsfahrt unternehmen. Bevor wir von zu Hause abgefahren sind, habe ich mich im Internet schlau gemacht. Es soll eine schöne Schiffspassage geben zu den Kreidefelsen. Sagt dir der Name Caspar David Friedrich etwas?

Jacob schüttelte seinen Kopf.

Oh man... und du arbeitest für einen Künstler? Maja sah ihn von der Seite an.

Ok...also Caspar David Friedrich hat 1818 von den Kreidefelsen ein Bild gemalt. Das Gemälde zeigt eine Steilküste am Meer mit bizarren grell-weißen Felsen. Darauf ist eine Frau mit rotem Kleid zu sehen, die mit hochgesteckten Haaren im Gras

sitzt. Mit der linken Hand hält sie sich an einem verdorrten Ast fest und in der rechten Hand zeigt sie auf eine Blume die am Klippenrand steht. Gegenüber der Frau steht ein Mann in einem Gehrock und nach der Legende die man sich so erzählt - soll es der Maler höchst persönlich sein.
Jacob machte grosse Augen.
Wenn wir wieder zu Hause sind, zeig ich dir das Bild in einem Katalog. Es ist, wenn ich das noch richtig in Erinnerung habe in einem Museum ausgestellt, was nicht weit von uns entfernt ist.

Wieso bist du uns eigentlich nachgelaufen? wollte Tina wissen.

Gernot schickt mich. Der Arzt ist gegangen und die Luft ist wieder rein… soll ich euch sagen.

Die drei beobachten eine kleine Weile das Treiben auf der Seebrücke. Kleine Tische standen vor den Restaurants, bunte Sonnenschirme spendeten behaglichen Schatten. Die Hälfte der Tische wurde gerade von den Passagieren der MS Adler- Mönchgut besetzt.

Flinke Kellner traten an ihre Tische und fragten nach ihren Wünschen.

Wer ist denn die Begleitung deiner Busenfreundin?
Tina zeigte auf die andere Seite der Brücke. Dort liess sich Chantal Jacobs Carstens gerade von einem hochgewachsenen jungen Mann an ihren Tisch führen. Er rückte ihr den Stuhl zurecht, damit sie sich setzen konnte.
Wow… das habe ich aber schon lange nicht mehr gesehen.
Sie ist schön…murmelte Jacob.
Manche haben einfach alles… sagte Maja etwas bitter.
Chantal Jacobs Aufmachung war von einer solch makellosen Eleganz, das sie auffiel. Und genau das beabsichtigte sie bestimmt. Chantal tat nie etwas, ohne daraus einen Nutzen zu ziehen.
Sie besass eine Selbstsicherheit, wie Promis sie hatten.
Sie bemerkte die neugierigen Blicke, die sie auf sich zu und sah sich um.
Sie hätte Schauspielerin werden sollen, sagte Tina.
Ihre Rolle spielt sie perfekt. Eine reiche, schöne junge Frau aus der

gehobenen Gesellschaft der alles zu fliegt. Sogar ihr eigener Ehemann ist ihr doch in den Schoss gefallen. Sie hat ihn nur noch pflücken müssen.
Chantal wandte sich mit einem Lächeln an den grossen Mann neben sich und flüsterte ihm irgendetwas ins Ohr.
Als sie an dem Tisch vorbei kamen, hörte Maja nur noch die Worte „ wir werden versuchen dafür Zeit zu haben, Schätzchen":
Sein Blick sprach Bände. Wenn das nur ein guter Freund war, war Jacob ihr Lover…. Bei dem Gedanken musste sie unwillkürlich anfangen zu lächeln.
Glückspilz, sagte Jacob als sie vorübergegangen waren zu Maja und Tina.
Sie gingen zu dritt zur Ferienanlage zurück.
Ich muss jetzt erst einmal zu meiner Mutter, sagte Maja. Tina sah Gernot und ging zu ihm auf die Wiese. Dort lag er faul in der Sonne und döste vor sich hin.
Jacob entfernte sich und ging auf sein Zimmer. Er hatte Mordskohldampf und musste dringend den Kühlschrank inspizieren. Ihm ging die Geschichte mit dem Bild nicht aus dem Kopf.

13

Selma hatte für alle das Abendbrot
zubereitet. Heute Abend sassen alle
auf der Terrasse von Gernot und
Jacob. Einige lustige Lampions waren
auf gehangen und spendeten noch die
letzten Lichtstrahlen.
Selma erhob sich und ging zu Gernot.
Eigentlich war er ein gutaussehender
Mann, ging es ihr durch den Kopf.

„Was habt ihr heute erlebt? kam ganz
unerwartet die Frau von ihrer
Mutter."
Mama, geht es dir gut.
Maja war irritiert. Sie kannte ihre
Mutter in den letzten Jahren nur als
sehr Wortkarg und jetzt erkundigte
sie sich von allein nach dem Tag
ihrer Tochter.

Agathes Stimme zitterte etwas.
Was meinst du wen wir heute
wiedergetroffen haben?
Agathe sah ihre Tochter aufmerksam
an.
Kannst du dich daran erinnern, wir
dir gestern erzählt das wir Chantal
wieder gesehen haben.

Ihre Mutter nickte. Es ist amüsant,
aber heute haben wir sie schon zum
zweiten Mal gesehen. Als wir, naja…
sagen wir mal … geflüchtet sind.
Wieder nickte ihre Mutter.
Kommen sie Agathe es wird etwas
frisch, legen sie sich die Decke
über: Selma setzte sich neben sie und
deckte sie mit der Patchwork Decke
die sie mitgebracht hat zu.
Mhm… und sie war schön, meldete sich
Jacob zu Wort.
Hey…. Nicht mit vollen Mund junger
Mann. Das kann ich nicht leiden. Auch
wenn wir nicht im Atelier sind. Erst
schlucken und dann reden.
Maja, war verärgert. Jetzt wurde sie
schon zum zweiten Man unterbrochen.

Also wo war ich… - ach ja.
Wir waren auf der Seebrücke und
schlenderten gerade zurück, als
Chantal aufkreuzte. Sie hat uns nicht
gesehen, dafür sie umso besser.
So ein Miststück… entfuhr es ihr.
Sie war auch nicht allein. Nein… ein
junger Mann war ihre Begleitung und
es war nicht ihr Ehemann, denn der
war ja wohl meines Wissens auf einen
Krankenbesuch bei Dir Mama.

Chantal Jacobs war schon früher eine
ganz Hübsche… soufflierte Agathe
leise vor sich hin.
Selma schob ihren Stuhl noch etwas
näher und war rührend um ihre neue
Patientin bemüht.
Er hat sich überhaupt nicht
verändert, sagte sie leise.
Wer Mama?
Na dein Doktor!
Er ist nicht mein Doktor und war es
auch nie. Es war eine Liebelei unter
Jugendlichen, mehr nicht. Er ist mit
der „grossen Chantal" verheiratet.
Jeder bekommt das, was er im Leben
verdient… sagte sie jetzt wie zu sich
selbst.
Ach, mein Mädchen. Er muss dir sehr
wehgetan haben.

Mir ist kalt und ich bin müde.
Wir reden morgen weiter. Denk an dein
Versprechen! Maja lächelte ihre
Mutter an. Morgen gehen wir an den
Strand.

Versprochen!

14

Der Ausflug nach Kap Arkona fand am nächsten Vormittag statt,
Beim Frühstück hatte Gernot und Maja beschlossen sich Rügen von einer anderen Seite anzusehen. Sie wollten ihren künstlerischen Blick weiten und für Neues öffnen.
Agathe, Selma und Tina schon am Mietwagen und warteten.
Das ist ja wieder einmal typisch. Künstler brauchen immer die Extrawurst und kommen selten zur angegebenen Zeit.
Jacob sollte am Strand von Sellin angeschwemmte Holzreste sammeln gehen. Er fand es nicht lustig, so ganz allein gelassen zu werden. Doch Maja hatte ihm Zwanzig Euro in die Hand gedrückt, damit fühlte er sich besänftigt. Mit dem Geld von Maja würde er nicht verhungern, bis alle von ihrem Ausflug wieder zurückkamen.
Was er aber nicht sah, war ein Auto das am gegenüberliegenden Strassenrand hielt.

Maja und Gernot schlenderten zum Auto und waren so in ihr Gespräch vertieft, das sie beinahe mit der bereits wartenden Gruppe zusammenstiessen.

Hoppla… entfuhr es ihm.

Er ging zur Beifahrerseite und stieg ein.

Nun hopp hopp… ich habe nicht den ganzen Tag Zeit. Ich brauche Inspiration… schwadronierte er vor sich hin.

Ach, nun mach doch mal einen Punkt Gernot.

Maja sah ihn von der Seite an. Komm sei heute mal ein ganz Lieber… und zeig deine beste Seite.

Gernot trug heute eine bemerkenswert hässliche Flanellhose und einen grünen Rollkragenpullover.

Willst du Kapitän Huck auf Kap Arkona treffen, fragte Maja und sah ihn an.

Der ergreift heute eher die Flucht.

Man Gernot, wo hast du denn diesen Fummel bloss aufgetrieben? fragte Maja süffisant.

Achtzigerjahre Chic oder?

Gernot tat so, als hätte er diese Bemerkung gar nicht gehört.

Nun komm Schätzchen… fahr los.

Auf dieser Insel war es äusserst friedlich.
Ich habe gestern Abend in einem Reiseführer gelesen, das die Ostsee siebenhundertfünfzig Meter Küste umfasst und mit ganz feinsandigen Badestränden und Naturstränden.
Auch soll es unzählige Fischerdörfer geben, die es sich bestimmt lohnt einmal von der Nähe sich zu betrachten.
Was gibt es schöneres als ein Fischerboot das noch genutzt wird.

Nimm... mich mit Kapitän auf die Reise.... fing er an zu singen.

Stopp.... Gernot aufhören. Du kannst gern deine Weisheiten loswerden, aber bitte nicht singen.
Wenn du weiter singen willst, verlässt einer von uns Beiden das Auto. Maja sah ihren Boss streng von der Seite an.

Mhm... brummte er.
Keinen Spass darf man haben... erst verbittest du mir meine Zigarre und jetzt auch noch das Singen.
Himmel...wo bin ich hier noch hinein geraten.

Weiber! schimpfte er
Wisst ihr wie man Kap Arkona noch
nennt? fragte er
Maja sah ihn zweifelnd wieder von der
Seite an.
Ich sing doch gar nicht… protestierte
er.
Ich habe das gestern Abend gelesen.

Selma legte eine Hand auf seine
Schulter und lächelte freundlich.
Wie nennt man denn nun dieses Kap?
Gernot grinste sie breit an.
Mit geschwellter Brust sagte er dann:
„Das Nordkap der Insel Rügen"
Und das interessante ist, es ist
eine aus Kreide bestehende
Steilküste.
Selma lächelte immer noch.
Schön gab sie nur kurzangebunden
zurück.
Mehr sagen sie dazu nicht, als schön?
Gernot beachtete Selma keines Blickes
mehr. Er war beleidigt.

Maja sah Tina im Innenspiegel an und
beide mussten schmunzeln.

Maja hielt auf dem Parkplatz und ging
um den Wagen. Sie half erst Selma und
dann ihrer Mutter aus dem Wagen.

Der Parkplatz war gut besucht. Maja
sah sich die Nummernschilder an und
seufzte.
Schade… dann hatte heute noch andere
diese Idee.
Schaut mal da. Sie wies auf einen
Wegweiser.
Also, bitte alle mir folgen.

Das kleine Trüppchen setzte sich in
Bewegung.
Als sie eine Weile gelaufen waren,
holte Tina ihre Kamera hervor.
Ein violettes Meer, sagte sie.
Das ist ja der Wahnsinn.
Sie lief, nein sie rannte förmlich
voraus.
Wow.. ist das ein Foto. Schau dir das
mal an. Das müssen hunderte von
Milchdisteln sein oder was ist das
sonst? Ich kenn sonst keine Pflanze
die so üppig ihre violette Farbe
verteilt. Und dann noch dieser
Leuchtturm in Hintergrund. Ich bin
baff… sagte sie.
Gib mir mal deine Kamera und zeig
mal. Das Foto, das Tina von der
Landschaft geschossen hatte, war
himmlisch. Es zeigte im Vordergrund
ein violettes Feld mit vereinzelt
roten und gelben Tupfen.

Im Hintergrund hat sie gekonnt einen grossen und einen kleinen Leuchtturm eingefangen. Der grosse Leuchtturm sah so aus, als wollte er gerade die Wolke die vorüberzog begrüssen.
Das ist doch mal ein Foto, oder?
Toll, fand auch Maja.

Hier gibt es so viel zu entdecken.
Das wir ein gutes Fotobuch.
Ja, das glaube ich auch Tina.
Tina strahlte übers ganze Gesicht.

Langsam näherten sich auch Selma, Agathe und Gernot.
Gernot setzte sich auf einen grossen Stein und holte seinen kleinen Skizzenblock hervor.
Ich komme gleich nach, geht schon vor. Gernot war schon ganz weit in Gedanken davon geschwebt.
Also setzten sich die vier Mädels in Bewegung.
Maja sah ihre Mutter besorgt an. Geht es dir gut? Wenn es zu anstrengend wirst, sagst du es mir bitte oder Selma!
Agathe nickte leicht.
Maja konnte nicht erkennen was in ihrer Mutter vorging.

Doch sie sah frisch aus, nicht mehr
so grau wie vor Tagen noch.

Dort möchte ich auch einmal rein. Die
Geschichte des Bunkers interessiert
mich, sagte Maja zu Tina.
Tina winkte nur ab.

Selma und Agathe machte es sich auf
einer Bank gemütlich. Wir warten hier
auf euch! rief Selma zu Maja die
gerade in den Bunker gehen wollte.
Maja drehte sich nur um und winkte.

Sie betrat den Bunker.
Ihre Hand tastete sich an der Wand
entlang. Das mussten Fertigplatten
sein, die hier verwendet wurden.

Vor ihr lief eine kleine Gruppe die
sich erklären liess, was es mit dem
Bunker auf sich hatte.
Achtung, hörte sie die junge Frau
rufen…. Kopf einziehen…
Maja hatte gerade Platz um sich
auszustrecken und weiter zu gehen.
Sie schloss sich der Gruppe heimlich
an.

„Meine Damen, meine Herren hier befinden wir uns in einem typischen Büro eines Offiziers."

Alle Besucher schauten neugierig in den Raum. Maja erkannte einen alten Schreibtisch auf dem ein grünes Telefon stand und einen Metallschrank der für die Akten früher benutzt wurde. Die musste schmunzeln, ein Telefon mit Drehscheibe und heute drückt man nur noch auf einen Knopf und man kann mit seiner besten Freundin plaudern.
„Wenn sie bitte einmal nach rechts schauen würden"… sagte die junge Frau jetzt
„Hier befinden wir uns in einer Schlafkoje. Die Soldaten taten hier ihren vierundzwanzig Stunden Dienst und lösten sich dann ab. Deshalb steht auch nur eine Schlafliege hier."
„Man war ja zum Arbeiten hier und das Land musste beschützt werden"
„Dort…" sie zeigte auf einen zweiten Raum
…haben wir einige Ausstellungsobjekte für sie bereit gelegt, die sich gern näher anschauen dürfen."

Maja erkannte eine Uniform eines
Marineoffiziers, eine Uniform eines
Soldaten und eine Uniform eines
Generals.
Sah ja schon chic aus, ging es ihr
durch den Kopf.
Ein schlaksiger Mann trat an ihre
Seite. Auf Männer in Uniform stehen
ja die Weiber, zischte er durch seine
Zähne.
Maja sah ihn an… wenn sie meinen!
Ein Funkgerät stand auf einem kleinen
Tisch und erregte ihre
Aufmerksamkeit.
Sie kramte ihr Handy aus ihrer
Hosentasche und suchte die
Kamerafunktion. Das musste sie
unbedingt Gernot zeigen.
Klick… machte es.
Die junge Frau sprach weiter:
*„Wir wollen in den nächsten Raum
gehen… meine Dame, wenn ich sie auch
bitte dürfte:"*
Maja sah sich erschrocken um, sie war
die letzte in dem
Ausstellungsbereich.
Ja ich komm, danke.

*„Zum dreissigsten Jahrestag der NVA –
wer nicht weiss was NVA heisst –
erkläre ich ihnen gerne – diese*

Buchstaben stehen für Nationale Volksarmee"

Ein Raunen ertönte.

„ An den Wänden können sie ganz genau die Geschichte des Bunkers im Einzelnen verfolgen."

Ich möchte sie noch darauf hinweisen, wenn sie durch diese Tür gehen… erreichen sie unser Museum in dem sie sich selbstständig umsehen dürfen."

„Meine Damen, meine Herren es hat mich gefreut sie mit der Geschichte des Bunkers bekannt machen dürfen."

Wenn ich sie jetzt bitten dürfte…

Sie öffnete eine Tür und forderte somit alle Besucher auf ins Museum zu gehen.

Auch Maja betrat den Raum des Museums.

Riesige Glaskästen empfingen sie. Doch alles was sie dort zu sehen bekam, waren kleine Modellschiffe oder Modellflugzeuge. Sie hatte etwas völlig anderes erwartet.

Der schlaksige junge Mann schlenderte gelangweilt durch den Ausstellungsraum, gähnte ein paar Mal und flüchtete sich ins Freie.

Maja folgte seinem Beispiel und verliess den Raum.

Agathe und Selma sassen immer noch auf der Bank und liessen sich von der Sonne wärmen.
Wo war Gernot nur geblieben?

Da kam er um die Ecke geschlendert. Sein Skizzenheft fest in der Hand und er hatte eine Begleiterin.

Maja, kniff die Augen zusammen und versuchte die Dame an der Seite ihres Bosses zu erkennen.
Das darf doch wohl nicht wahr sein! entfuhr es ihr.
Wie kommt die denn hier her?
Was ist denn Maja? Tina trat zu ihrer aufgebrachten Freundin und sah in dieselbe Richtung wie sie.
Da ging doch tatsächlich Chantal Jacobs Carstens neben Gernot Metzer einträchtig nebenher.
„Was zum Teufel?" fuhr sie Chantal an… „machst du hier!"

Ich habe euch abfahren sehen, als ich die Einladung übergeben wollte! sagte sie schnell.

Da dachte ich mir, ich folge euch und
schaue ob ich helfen kann.

Pah… entfuhr es Maja erneut.

Gernot zog Maja etwas näher. Könntest
du mich bitte befreien, ich möchte
nicht unhöflich sein. Sie scheint ein
Fan von meiner Kunst zu sein. Aber
sie hört einfach nicht auf zu reden,
jammerte er jetzt.
Ich weiss die Frauen schwätzen viel,
aber das geht mir über die Hutschnur
– wenn ich das mal so sagen darf.

Wo hast du denn deinen reizenden Mann
gelassen Chantal? wollte Maja nun
wissen. Ich kann ihn nirgends
entdecken.

Nein, Paul musste noch einiges in der
Praxis erledigen. Ich wollte schon
immer einmal Kap Arkona besuchen und
nun bin ich hier.

Das freut mich für dich.
Ich bin ganz entzückt das du auch
hier biss, sagte sie etwas zu bissig.

Ja… die Landschaft… ist entzückend…

Ach, wirklich?

Hier! Chantal überreichte ihr eine
goldige Einladungskarte.
Natürlich, typisch Chantal. Nein,
nicht eine rote oder gelbe Karte es
musste schön protzig rüberkommen.

Maja klappte die Karte auf und las.

*Chantal Jacobs Carstens und Paul
Carstens geben sich die Ehre zur
Dinner Party in unserm Haus
einzuladen.
Es erwartet sie ein kulinarischer
Hochgenuss.
Restaurant Seebrücke - 18.00 Uhr -
18586 Sellin*

*Wir freuen uns ganz besonders auf
sie.
Anmeldung erwünscht.*

Sie runzelte die Stirn und sah in die
Runde. Eine Einladung zur
Dinnerparty. Sie sah fragend in die
Runde und wollte eben ablehnen. Doch
sie entschied sich dann dagegen und
wandte sich an Chantal.

Schicke Einladung und du hast dir solch eine Mühe gegeben, das alles zu planen und auszusuchen.

Das sollte keinesfalls eine nette Bemerkung sein.

Ach, Maja ich bin nun einmal recht altmodisch in solchen Dingen.
„Ach, wirklich" sagte jetzt Tina.
Ja, ich interessiere mich für Menschen. Hier auf der Insel gibt es nicht solch interessanter Menschen wie Herr Metzer es ist. Sie machte eine Pause und fügte hinzu: Paul hat mir erzählt, dass Herr Metzer ein ganz aussergewöhnlicher Mensch ist. Gernot sah sie prüfend an.
Vermutlich ist das was ich jetzt sage, etwas verrückt, fuhr er fort… aber das klingt fast wie Musik in meinen Ohren. Ich würde mich doch tatsächlich gern einmal mit ihrem Mann in aller Ruhe unterhalten wollen.

Chantal nickte.
„Interessieren sie sich auch für Menschen Herr Metzer?"

Schon von Berufswegen ist das so, junge Frau.

Maja sah ihn leicht verwirrt an. Ist das dein Ernst Gernot?

Du musst mich nicht so ansehen Schätzchen. Unter gewissen Umständen ist jeder Mensch für mich interessant.

Maja runzelte die Stirn. Ihr Boss kam ihr heute sehr merkwürdig vor.

Sogar ich? fragte Chantal jetzt mit leisem Lächeln.

„Besonders Frauen wie sie, meine liebe."

Chantal richtete ihre Frisur und schenkte Gernot ihr schönstes Lächeln.

Wir nehmen gern ihre Einladung zum Dinner an.

Oh.. das freut mich aber.

Natürlich meine liebe. Es ist doch sehr schön, wenn man gleich auf einen Schlag sechs neue Menschen kennenlernen darf.

Er zwinkerte Maja zu.

Maja nickte und fragte: „ Ja, da habe ich jetzt dann aber noch eine Frage."

Was zieht man zu solch einer Dinner Party an?

Sie musterte Gernot von oben bis
unten.
Freizeitlock ist doch bestimmt gegen
die Etikette, oder?
Wir wollen doch nicht deine anderen
Gäste erschrecken.
Jetzt war Maja in ihrem Element.
Ach meine Mutter hat schon immer
einen Faible für die Reichen und
Schönen. Sie liest besonders gern die
Gala.
Hab ich recht, Mama?
Maja musste sich das Lachen
verkneifen.
Es machte ihr einen Heidenspass
Chantal aufzuziehen.

„Wir werden gern kommen Chantal!"

Aber jetzt musst du uns
entschuldigen, wir sind auf Kap
Arkona nicht zum Vergnügen gekommen.
Wir wollten arbeiten.
Deshalb sind wir auch auf der Insel.

Ah… wie aufregend… entfuhr es ihr.
Darf man sie bei der Arbeit einmal
beobachten? Sie sah Gernot Metzer mit
ihrem verführerischsten Lächeln an.
Das wäre das Höchste für mich.

Für mich aber nicht, brummte Gernot
und ging voraus.

Mein Mädchen... flüsterte Agathe Selma
zu.
Die lächelte nur still in sich
hinein.
Maja drehte sich zu ihrer Mutter um
und lächelte sie an. Ihr schien es
hier wesentlich besser zu gehen, als
daheim. Die klare frische Luft, die
Spaziergänge mit ihr und mit Selma –
all das trug zu einer bemerkenswerten
Veränderung bei Agathe bei. Auch
hatte Maja bemerkt, wie gut sich
Gernot mit ihrer Mutter verstand. Er
war in ihrer Nähe nicht mehr so
brummig und ungalant.

Sie sah Gernot hinterher wie er
schnellen Schrittes zum viereckigen
Schinkelturm hinüber ging. Selma und
Agathe setzten sich auch in Bewegung
und liesse Chantal einfach stehen.
Tut mir leid Chantal, aber wir müssen
jetzt auch gehen. Wir sehen uns ja
später.
Im Gehen rief sie noch der jungen
Frau zu... „wir freuen uns alle auf das
Dinner".

„Schau doch mal Maja"!
Tina zeigte auf die beiden nebeneinander stehenden Türme. Ist das nicht eine Pracht? Hier waren Meister der Architektur am Werk. Das nenn ich einen Prachtbau… Tina nahm ihre Kamera und schoss ein Foto nach dem anderen.

Maja las die Inschrift am Schinkelturm:
„Die Grundsteinlegung des Schinkelturmes erfolgte im Dezember achtzehnhundertsechsundzwanzig. Der Schinkelturm wurde achtzehnhundertsiebenundzwanzig erbaut und misst neunzehn Meter"
„ Heute wird der Turm gern von Hochzeitspaare gebucht."
Maja blickte hinauf. Ein imposantes Bauwerk wie sie fand. Gernot Metzer trat zu ihr und hielt ihr eine knochige Wurzel hin. Das ist das nachdem mein Herz sich sehnt, sagte er salopp.
Nicht nach so einer Chici Miki Tante wie deine .. dabei machte er eine abwertende Handbewegung… na dieses Dingsbums da. Ich habe schon wieder ihren Namen vergessen.

Chantal… mein lieber Gernot, Chantal
heisst sie und du weisst das wir bei
ihr zu einer Dinner Party eingeladen
sind.
Lass sie das bloss nicht hören…das du
sie als „Chici Miki Tante"
bezeichnest. Die dreht dir den Hals
um.
Gernot grinste Maja verschmitzt an.
Er machte eine vage Handbewegung.
Und was soll's… tote Künstler sind
heute voll angesagt.
„Gernot du spinnst!"

„Was für ein aussergewöhnlicher
Mensch sie doch sind Herr Metzer!"
sagte Agathe Fahrtmann gerade die
näher kam.
Sie lächelte ihn an, doch ihr Lächeln
verschwand als sie das Blitzen in
seinen Augen sah.
„Oh!" rief sie, „dort ist ja Tina mit
ihrer Kamera! Ob sie von uns auch ein
Foto machen könnte. Ein Foto zur
Erinnerung an den wunderbaren Tag…
Tina liess sich nicht lange bitten.
„Klick, klick, klick… hörte man die
Kamera surren."

Gernot Metzer grinste von einem Ohr zum andern, wie ein glücklicher kleiner Bub.

„Ist das nicht grossartig hier!" Die beste Idee die ich bisher gehabt hatte. Maja stimmt ihm zu. Ihre Hand glitt unter seinen Arm und gemeinsam gingen sie zurück zum Parkplatz. Sie wollten nur noch dem Touristenrummel entfliehen.

Einige Stunden später, stand Maja im Licht der untergehenden Sonne und blickte auf die Fotos die Tina vom Ausflug nach Kap Arkona geschossen hatte.

Eines schöner als das andere.

Besonders gut gefiel ihr das Foto mit ihrer Mutter.

Die Gardine an der Balkontür flatterte im Wind.

Sie hörte ein Geräusch. Selma war an ihre Seite getreten. Ihre Hände öffneten sich und ein kleiner Bernstein kam zu tage.

Sie sagte:" Ihre Mutter hat mir aufgetragen, ihnen den Stein zu bringen. Sie hat ihn heute gekauft. Ich glaube heute war sie sehr glücklich. Ein grösseres Geschenk als diese Reise an die Ostsee hätten sie ihrer Mutter gar nicht machen können.

Ich glaube Doktor Taubert hatte
Recht, das eine Luftveränderung ihr
gut tun würde. Nur hätte ich mit
solch schnellen Veränderung nicht
gerechnet."
Maja nahm den Stein und hielt ihn in
die untergehende Sonne. Er strahlte
eine Wärme, eine Kraft aus.
„Unfassbar"
Sie warf einen Blick über ihre
Schulter, doch Selma war wieder
gegangen.
Allein der Bernstein in ihrer Hand,
erinnerte an ihre Anwesenheit.

15

Chantal Jacobs Carstens setzte sich in Szene. Sie stieg die Stufen der Seebrücke hinab und folgte dem langen Steg. Das schwarze Spitzenkleid, das sie trug, war mit schimmernden Pailletten verziert. Paul ihr Mann wartete bereits an der Restauranttür. „Entschuldige bitte, ich dachte schon, ich bin zu spät. Aber wie ich sehe erwartest du mich bereits. Ich musste noch zum Friseur. Heute ist ein wichtiger Tag."
Das Restaurant war sehr rustikal eingerichtet. Der Marmorboden glänzte, dass man sich darin spiegeln konnte.
„Ich habe übrigens, sagte sie, an ihren Mann gewandt, Herr Metzer gebeten sich nah zu uns zu setzten. Ich möchte mich gern mit ihm unterhalten."
„Du meinst wohl, du willst deine Krallen ausfahren… sagte Paul gereizt.
Reicht es denn nicht das du diese unverschämt teure Party hier gibst,

muss du denn auch noch Menschen für dich beanspruchen?"
Der Mann tut mir jetzt schon leid.
Ich hoffe er kann sich gut gegen dich wehren.

Mein lieber Paul… ich glaube du verkennst die Situation. Ich möchte nur neue Bekanntschaften machen. So ein Künstler ist sehr interessant.
Ich habe etwas über ihn gelesen… das sagen wir mal, sehr geheimnisvoll klingt.

„Ach, und du willst jetzt den Dingen auf den Grund gehen."

Chantal sah ihren Mann überrascht an.
Er ist eben nicht so ein Spiesser wie du.

Bist du dir da auch sicher, dass der Mann nicht so ist, wie ich.
Wie sagtest du doch gleich „ Spiesser"?
Warum hast du mich eigentlich geheiratet wenn ich so ein Spiesser bin?
Chantal sah ich von der Seite an.

Es tut mir ja so leid für dich, Paul.
Aber ich wollte dich damals. Und was
ich will bekomme ich auch.
In diesem Moment kam der Kellner und
führte sie an ihren Tisch.
Chantal sah leicht verwirrt aus.
Wer sind all die Menschen da? fragte
sie.
„Das müsstest du doch wissen, du hast
sie eingeladen. Maja und Herr Metzer
wirst du doch erkennen!"
Sie stiess einen kleinen Seufzer aus.
Wieso verstand ihr Mann sie nicht?
Sie bemerkte mit Unbehagen das
neugierige Blicke auf sie gerichtet
waren.
Guten Abend Herr Metzer, schön sie
wiederzusehen!
Es freut mich ganz besonders, dass
sie meiner Einladung gefolgt sind.
Darf ich fragen, warum sie ihre…
Angestellten mitgebracht haben?
Ich sagte ihnen doch, meine liebe –
das ich mich von Berufs wegen für
Menschen interessiere. Die Einladung
hatte ich eigentlich im Namen aller
angenommen, so habe ich sie auch
verstanden. Darf ich ihnen
vorstellen.
„Maja kennen sie bereits, die junge
Dame an ihrer Seite dabei zwinkerte

er Agathe Fahrtmann zu – ist Maja Mutter Agathe Fahrtmann.
Daneben darf ich ihnen Frau Selma Domhof vorstellen – sie war auch bei unserem Ausflug dabei. Tina Deetz eine Freundin und Fotografin für meine Arbeiten und dann hätten wir noch unseren guten Jacob. Ohne ihn wäre ich so manches Mal verloren".

Chantal biss sich auf die Zunge um nichts Unüberlegtes zu sagen.
Ach wie schön, dass sie auch kommen konnten. Gerade betrat ein Pärchen das Restaurant. Meine liebe… schön sie zu sehen. Chantal umarmte die Dame überschwänglich und herzte sie. Vilija und Elena schön das ihr schon da seid.

Während sie ihre Suppe assen, sah sich Maja im Raum um. Prächtige Wandmalereien schmückten den Raum. Eine hölzerne Wendeltreppe führte ins obere Stockwerk. Ein riesiges Aquarium stand als Begrenzung im Raum. Nett war es hier, auch wenn es nicht ganz Maja Geschmack entsprach. Sie schaute sich weiter um und bemerkte einen Kellner der zu warten schien, bis er die Teller abräumen

durfte. Eine junge Kellnerin stand
hinter der Bar und mixte Getränke.
Es sind noch so viele Stühle frei…
kommen denn noch mehr Gäste? wollte
sie wissen.

Chantal legte ihren Löffel beiseite.
Ja sicher meine liebe.
Ausser Vilija und Elena Franz habe
ich eingeladen, Doktor Coelle unseren
Augenarzt ein ganz patenter Mann.
Jana Zimmermann und Rudolfo Adamski
sie haben hier eine gutgehende
Rechtsanwaltskanzlei. Ach ja und dann
noch unseren phantastischen Kurt…
Kurt Zwinger ein besonders
interessanter Mann. Er besitzt das
grösste Hotel hier auf Rügen.
„Wie du siehst, sind wir nur eine
kleine Runde".

Warum sagst du das?
Eine Runde mit viel Lokalprominenz.

Gernot Metzer verbrachte den Abend
damit, sich von Chantal alles
Bemerkenswerte der Insel und seiner
Bewohner anhören zu müssen. Er wäre
ja lieber geflüchtet, aber man wusste
nie wozu es gut war, so eine Person
zu kennen.

Später auf dem Weg zum Ferienhaus
begegnete er Paul Carstens.
Er lehnte an einem riesigen Baum und
rauchte eine Zigarette. Als er den
Kopf wandte, war Gernot Metzer über
seinen unglücklichen Ausdruck
erschrocken.
Der Ausdruck des Aufbäumens gegen
seine Frau war aus seinem Gesicht
verschwunden.

„Gute Nacht Herr Carstens".
„Gute Nacht Herr Metzer!" Er zögerte,
dann fügte er hinzu: „Sie sind sicher
erstaunt, wie man mit so einer Person
leben kann?"
„Nicht erstaunt, man kann in wen man
sich verliebt nicht planen. Sie tun
mir eher sehr leid…."

„Ich tu ihnen leid?"
Wieso?
Sie sind ihrer Frau gefolgt und
scheinen sich in ihrer Gegenwart
nicht wohl zu fühlen. Oder nicht
mehr… verbesserte sich Metzer.

„Jeder Mensch beginnt seine Reise mit
der Geburt. Dort wird er von den
Eltern geprägt und kann seinen
Träumen noch freien Raum geben.

Danach tritt man seine Reise ins Unbekannte Leben allein an.
Was man daraus macht ist jedem einzelnen selbst überlassen. Sie haben sich für den Weg mit ihrer Frau entschieden! Aber ob das heute noch der richtige Weg ist, müssen sie sich ganz allein beantworten."
„Warum sagen sie das?" fragte Paul

„Weil es die Wahrheit ist. Glauben sie bloss nicht, ich habe ihre Blicke zu Maja heute Abend nicht bemerkt."
Da war mal etwas! Habe ich Recht?

„Ja, das ist wohl wahr…"

Er war am Einschlafen, als er unter seinem Fenster leise Stimmen vernahm. Dann hörte er deutlich, wie Maja zu Tina sagte.
„Jeder ist seines eigenen Glückes Schmid."

Eine abgedroschene Floskel, doch beinhaltete sie so viel Wahrheit.

„Jeder ist seines eigenen Glückes Schmid." ja, dachte Gernot. Bei dem Gedanken schlief er selig ein.

16

Tina war schon auf den Beinen. Am
vergangenen Abend hatte sie von einem
Gast auf der Party erfahren, dass es
einen riesigen Erdbeerhof geben soll.
„Karls Erdbeerhof" den musste sie
sich unbedingt aus der Nähe ansehen.
Sie konnte schon den köstlichen Duft
der frischen Erdbeeren riechen.
Maja klopfte ihr auf die Schulter.
„Guten Morgen." Hey schon so früh
auf.
Was machst du denn da?
Tina sah Maja an. Wenn sie Chantal
und Maja verglich scheinen beiden
Frauen zu unterschiedlich das sie
einmal Freundinnen gewesen sein
sollten. Im Gegensatz zu Maja lag auf
Chantals Gesicht eine gewisse
Arroganz.
Maja war freundlich von Natur aus und
ihren Mitmenschen wohlgesinnt. Sie
riss sich eher ein Bein aus um
schlecht über einen Menschen zu
reden. Nicht einmal über Chantal
verlor sie ein böses Wort. Und dabei
gab es doch allen Grund dazu.

Maja stand neben ihr in ihrem gestreiften Pyjama und ihren zerzausten Haaren.
Chantal wäre sicher schockiert gewesen über diesen Aufzug. Doch für Tina war genau diese „normal" Art von Maja wichtig. Mit ihr konnte man auch einmal zusammen heulen.
Willst du mitkommen?
Wohin denn? wollte Maja wissen.
Die nette Frau Zimmermann hat mir gestern Abend von einem Erdbeerladen vorgeschwärmt. Ich möchte unbedingt dahin. Erdbeeren liebe ich…
Ich auch… gib mir zehn Minuten ok?
Maja flitzte ins Bad und verschwand.
Ein Rauschen ertönte.
Die Tür wurde mit einem Schwung aufgerissen und Maja flitzte nur mit einen Fetzen von Handtuch bekleidet ins Schlafzimmer.

„Drei, zwei, eins, null…. vorbei!"
Fertig…

Maja stand jetzt frisch geduscht vor ihr.
Äh… so nehme ich dich aber nicht mit.
Wieso was stimmt denn nicht an mir?
„Komm mal her!"

Tina fummelte erst an ihrem Kragen
der Bluse herum, dann wanderten ihre
Finger weiter nach unten.
„Untersteh dich!" brummte Maja
Dann mach es doch selbst. Sieh dich
doch mal an. Du hast deine Bluse
falsch zu geknöpft.
Nun mach schon, ich will los. Ich
will Erdbeeren…

Agathe, Selma und auch die beiden
Männer schliefen noch tief und fest.
Tina klebte an jede Tür ihrer
Mitreisenden einen kleinen Zettel:
„ Sind spätestens am Mittag wieder
zurück, es gibt frische Erdbeeren für
die Braven." Dahinter malte sie einen
grossen lachenden Smiley.
So nun aber los.

Selma hat viel zu tun mit meiner
Mutter.
„Dafür habt ihr sie doch engagiert
oder etwa nicht?"
Ich bin froh das es deiner Mutter
hier so gut geht. Du wirst sehen,
irgendwann ist sie so wie früher.
„Das wünsche ich mir von Herzen."

Wenn ich gestern Abend den beiden
gesagt hätte, was ich heute vorhabe,

wäre sie sicher auch dabei. Aber ich war mal so richtig egoistisch. Mädels Tag heute... das hatten wir schon lange nicht mehr.
„Kannst du wenigsten auch etwas die Insel geniessen?" Ich finde was wir bisher gesehen haben, einzigartig. Bei uns ist es ja auch schön, aber eben anders schön.
Was ist mit Paul?
Hast du schon mit ihm reden können?

Ach Tina, wie habe ich doch deine neugierigen Fragen vermisst.
Ich habe nur kurz mit ihm gesprochen, als er zum Anstandsbesuch bei meiner Mutter war. Er wird in Ärztekreisen hoch gelobt. Er versteht etwas von seinem Fach, unbesehen.
Doch privat habe ich jetzt nicht grossartig mit ihm gesprochen. Es kommt immer wieder alles von neuem hoch.
Ich weiss auch ehrlich gesagt nicht was ich mit ihm noch besprechen soll. Er ist doch weg. Und dann erfahre ich hier, das er Chantal Jacobs geheiratet hat.
Was soll ich denn dazu sagen...
„Herzlichen Glückwunsch" vielleicht.

Komm lass uns den Vormittag geniessen.
„Zeig mir das Erdbeerparadies!"

Tina sass am Steuer und folgte der Wegbeschreibung von Frau Zimmermann.
„Schau mal auf den Zettel, ich habe ihn ins Handschuhfach gelegt. Lies mal vor".
Frau Zimmermann hat mir alles aufgeschrieben. Maja öffnete das Handschuhfach und entdeckte den Zettel.
„Was ist die Frau von Beruf? Doktorin oder Stenotypistin…" man kann die Schrift ja kaum erkennen.

Also hier steht:
von Sellin links abbiegen und ungefähr zehn Kilometer auf der Binzerstrasse weiter fahren. Nach ungefähr elf Kilometern ist der Erdbeerhof zu sehen. Rechts abbiegen um auf den Hof zu gelangen.

Sehr präzise erklärt, findest du nicht auch. Wie gut das wir uns hier so gut auskennen?
Sei nicht so pessimistisch, wir finden das schon.

Schau dir mal die Landschaft an. Ist das nicht schön. Da schaut die Spitze eines Schlosses heraus. Das müssen wir auch noch erkunden.
Ich finde es so mega cool, das ihr mich mitgenommen habt. Davon hätte ich mein Lebtag nie geträumt, mit dem grossen Gernot Metzer arbeiten zu dürfen. Er ist ja ein wenig kauzig, aber auch irgendwie kuschlig wie so ein übergrosser Teddybär. Findest du nicht auch?
Lass ihn das bloss nicht mit dem Teddybär hören. Ich bin schon froh das er seine Zigarren zu Hause gelassen hat.

Hat er das wirklich?
Tina sah ihre Freundin zweifelnd an. Ja, ich denke schon. Sein Arzt hat ihm das Zigarre rauchen verboten. Na, dann muss ich gestern Nacht irgendetwas anderes in der Nase gehabt haben.

Ich fass es nicht… dieser Schlaumeier denkt doch wirklich er kann mich aufs Kreuz legen.
„Na warte Bürschen…!"

Männer! ...sagte Tina und grinste ihre Freundin breit an.

In grossen Lettern stand auf der Seite des Gebäudes:
„ Karls Erdbeerhof"
Der Parkplatz war recht voll. Doch davon liessen sich die beiden Frauen nicht abschrecken.
„Nun komm schon!" Wir haben nicht so viel Zeit.

„Wow... entfuhr es Tina."
Kaum hatten die beiden das Gebäude betreten umfing sie schon der süssliche Duft der Erdbeere.
Auf der rechten Seite befand sich eine kleine Bäckerei. Der junge Bäcker öffnete gerade den Backofen um die fertigen frischen Brote heraus zunehmen.
Man, riecht das köstlich, entfuhr es Maja.
Komm schon, wir nehmen ein Brot für uns mit. Ich kann da einfach nicht wiederstehen.
Maja las ...
Dinkel-Honigbrot, Erdbeerbrot, Roggenvollkornbrot und Holzofenbrot...
Ich kann mich gar nicht entscheiden.
Die junge Verkäuferin lächelte sie

an. Möchten sie von jeder Sorte ein
Stück probieren?
Au, das wäre toll…
Maja griff nach den einzelnen Stücken
und probierte.
„Ach, wie wunderbar alle schmecken!"
Maja und Tina musste erst einmal
wieder zum Wagen zurück, um ihre
erstandenen Brot zu versorgen. Am
Ende hatte sich Maja für gleich 3
Sorten entschieden.
Nun komm aber mal, das nächste was
gekauft wird… sind Erdbeeren. Deshalb
sind wir schliesslich hier.

Chantal ist hübsch Maja, findest du
nicht.
Wie kommst du denn jetzt auf Chantal?
Ich habe sie gerade mit ihrem Mann am
Stand gegenüber entdeckt. Du warst so
mit deinen Broten beschäftigt, da
hast du gar nicht bemerkt wie die
Beiden das Gebäude betraten. Doch
gekauft hat sie nichts.
Maja meinte lächelnd: „Sie hat nun
mal ihre eigene Natur und wird auch
nur das Beste und teuerste kaufen".
Maja folgte Tinas Blick.
„Allerdings sieht sie heute etwas
unzufrieden aus. Aber das ist
vielleicht so an ihr. Sie ist

eigentlich eine sehr hübsche Frau, wenn sie sich nicht so sehr schminken würde. Weniger ist manchmal mehr.‟

Ich habe bei der Dinnerparty nur am Rande gehört das ihre Freundin, die Frau von diesem Zahnarzt bei der Polizei arbeiten soll.

Vielleicht verteilt sie ja Knöllchen auf der schönen Insel, meinte Tina grinsend.

Sie plauderten weiter, bis sie an den riesigen gefüllten Regalen angekommen waren.

„Der Tempel der Erdbeerkobolde‟: entfuhr es Tina.

In einem schön verzierten Brotkorb lagen einzelne Brotstücke.

Daneben drei verschiedene Erdbeerkonfitüren zum Probieren.

Maja nahm das Glas mit der Aufschrift „ Erdbeere-Marzipan-Fruchtaufstrich‟ und kostete. Die Gläser standen verlockend auf dem Regal und aus ihnen duftete es verführerisch.

In dem kleinen Einkaufskorb gesellten sich zum „Erdbeere-Marzipan-Fruchtaufstrich‟ noch ein Glas „Erdbeer-Rhabarbertraum‟ und ein Glas „Erdbeer-Schokotraum‟.

Willst du eigentlich eine ganze
Kompanie verköstigen Maja?
Tina sah in den Einkaufskorb ihrer
Freundin und schmunzelte.
Ja ja… lästere du mal ruhig. Und was
hast du da eingepackt.
Oh.. den Erdbeer-Kussaufstrich habe
ich gar nicht gesehen.
Wo hast du ihn her, gestehe Weib?
Tina zeigte auf das oberste Regal.

Genau gegenüber standen jetzt auch
Chantal und Paul.
„Hallo! rief Tina. Auch beim
Erdbeereinkauf"?

Hallo Maja… Chantal sah sie neugierig
an.
Oh, das erste Mal hier. Sie deutete
auf den Einkaufskorb den Maja in der
Hand hielt.
Ja, wir erkunden gerade diese hübsche
Landschaft hier. Die anderen werden
sich freuen, zum Frühstück mal etwas
anderes zu bekommen, als daheim.
So so… spielst du also Mädchen für
Alles.
Na das hätte ich mir denken können.
Komm Paul, wir haben noch genug heute
zu tun. Wenn du schon einen freien
Tag hast, kannst du auch bei den

Vorbereitungen helfen. Chantal ging
bereits zum nächsten Regal ohne ein
Wort des Abschiedes.

Paul lächelte Maja an. „Alles in
Ordnung"?
„Ja, alles in bester Ordnung! Ich
finde es immer noch komisch das du
dich für sie entschieden hast."
„Du wärst die bessere Wahl gewesen,
erklärte Paul im Brustton der
Überzeugung".
Ich muss gehen…
Tina und Maja kehrten zum Regal mit
den Leckereien zurück.
„Um Himmels Willen", rief Tina „was
war das denn".
Ich weiss es nicht, sagte Maja
entschuldigend. Chantal war schon
früher als Kind und auch als junges
Mädchen so unberechenbar gewesen.
Mir ist die Lust am rumstöbern
vergangen. Wollen wir gehen?
Ich möchte noch eine Flasche von dem
Sanddornsaft mitnehmen und wir gehen
einen Kaffee trinken. Dort in der
Ecke ist ein kleines Restaurant. Ein
Nein akzeptiere ich nicht!
Es wäre doch gelacht, wenn du dir
deine gute Laune von so einer Person
verderben liessest.

Wir sind hier auf der Insel um Spass zu haben und um neue Ideen umzusetzen.
Ärger brauchen wir nicht, der lenkt nur ab.

Plötzlich ohne Vorwarnung ertönte ein lauter Knall.
Was war das denn? wollte Tina wissen.
Maja zuckte nur mit den Achseln.

Ein Angestellter des Markes lief schnell an ihnen vorbei und rief seinen Kollegen zu:
„Fritz komm schnell" „ Im hintersten Gang ist das grosse Saftregal umgefallen".
Ein Kreischen ertönte, laute Stimmen drangen zu ihnen. Als sie um die Ecke bogen sahen sie das Ausmass der Katastrophe. Unzählige Flaschen verschiedener Säfte waren zersprungen, das Regal lehnte schräg wie ein grosses Ungeheuer an der Wand – denn es konnte jeden Moment ganz umfallen. Schaulustige standen umher und starrten die Frau am Boden fassungslos an.
„Ich war das nicht!" beteuerte sie immer wieder. Das Regal ist ganz allein ins Rutschen gekommen. Ich

habe doch nur eine Flasche von dem Erdbeersaft aus dem Karton hier genommen.

Die beiden Mitarbeiter halfen der jungen Frau auf die Füsse. Ist ihnen etwas passiert?

Der Angestellte mit dem Namen Fritz tupfte ihre Bluse sanft ab.

Haben sie sich nicht verletzt?

„Wo ist mein Mann"? kreischte sie weiter

Lassen sie das. Fassen sie mich nicht an.

Mit langen Schritten kam Paul um die Ecke mit einem Körbchen voll verschiedener Teesorten.

Was ist denn hier los?

Ist das ihre Frau? Fritz sah ihn an. Hier ist ein kleines Malheur passiert. Ihre Frau…

Schon drang das Kreischen wieder an Tinas und Majas Ohr….

„Ich war das nicht, wie oft soll ich das noch sagen".

Chantal?

Mitten in den Trümmern von Apfelsaft und Erdbeersaft stand Chantal. Ihre Bluse und ihr Rock leuchteten in den schönsten Obstfarben.

Sie strich sich die Bluse glatt und verliess den Ort des Unheils mit erhobenem Kopf.

„ Ich war das nicht". Das Regal ist einfach so umgekippt.

Das war ein Anschlag auf mich, dabei sah sie Maja an.

„Ein Anschlag" kreischte sie.

„Ja, es ist ungerecht, manche Menschen alles haben und andere… na ja... eben nur die Hälfte" flüsterte Tina Maja ins Ohr.

Wenn sie wirklich glaubt das man es auf sie abgesehen hat, muss sie sich viele Feinde gemacht haben. Nur wer… sollte ergründet werden.

Tina du spinnst doch. Hast du zu viele Krimis gesehen? „Du bist doch keine Miss Marple".

„Das ist hier das Leben, wo Dinge einfach passieren. Besonders dann wenn man ungeschickt ist".

Ich glaube Chantal sucht einfach nur einen Sündenbock um die Verantwortung abgeben zu können.

So ist sie eben.

„Meiner Meinung nach, merkt sie nicht einmal wie unglücklich sie ist".

Tina zuckte mit den Achseln. „Jeder hat doch Sorgen".

Ihre Stimme klang jetzt hart und verletzbar.

Aus dem Lautsprecher ertönte eine helle Stimme.
„Sehr geehrte Kundschaft... bitte haben sie dafür Verständnis, das wir für kurze Zeit den Markt schiessen... Kunden die bereits ihre Ware in ihren Einkaufskörben ausgewählt haben... möchten sich bitte umgehend an den Kassen melden... unser Personal ist ihnen gern behilflich... Karls Erdbeerhof öffnet für sie wieder um zwölf Uhr... wir bitten um Entschuldigung...".

Komm wir gehen bezahlen.
Majas Nasenflügel zuckte kaum merkbar zusammen, dann nickte sie und folgte Tina zur Kasse.

Chantal... fluchte sie, immer wieder Chantal

17

Als Tina vor der Ferienwohnung hielt,
wurde Maja aus ihren Gedanken
gerissen. Sie stellte den Motor ab
und sah ihre Freundin an.
„Wir fahren noch einmal dorthin",
schlug sie ihr vor.
„Nein, das werden wir nicht".

Hängst du immer noch so sehr an ihm?
„Hängen"?
Nein, er tut mir eher so langsam
leid. Was muss er doch ertragen.
Du musst diesen Mann überwinden Maja.
„Ich muss ihn nicht überwinden Tina,
da ist nichts mehr".
„Und wie würdest du das dann
bezeichnen, Maja"?
Ehe Maja antworten konnte, unterbrach
Jacob sie. Er stand auf dem kleinen
Parkplatz und hatte auf sie gewartet.
„Hey ihr seid wieder da".
Wollt ihr nicht aussteigen? rief er
ungeduldig.
Maja stieg aus und öffnete den
Kofferraum. In zwei vollgepackten
Tüten waren lauter Leckereien vom
Erdbeerhof verstaut.

Das Brot duftete noch immer und Jacob wollte sich gerade ein Stück davon abbrechen, als Ihn Maja auf die Finger klopfte.

Stopp… das wirst du schön sein lassen.

„Aber Maja…"

„Kein Aber, bitte… er wandte sich an Tina".

Ich kann dir da auch nicht helfen. Habt ihr schon gefrühstückt. Sie sah auf ihre Armbanduhr. Es war gerade einmal zehn Uhr.

Jacob schüttelte heftig den Kopf.

Mein Magen knurrt… hört ihr das denn nicht.

„Aber natürlich hören wir das. Ist ja nicht zu überhören".

Er gab ihr den Schlüssel für die Haustür und schnappte sich die Tüten. Maja ging erst einmal in ihre Ferienwohnung und schloss auf. In dem Zimmer das Maja und Tina gemeinsam benutzten legte sie erst einmal ihre Handtasche auf das Bett. Eine Wolldecke in leuchtendorange, Purpur und schwarz lag darauf. Da einzige Mitbringsel was sie an ihr Zuhause erinnerte. Sie zeigte einen afrikanischen Sonnenuntergang. Maja wanderte langsam zum Balkon und öffnete die Tür. Sie wusste nicht, warum sie vor Jahren diese Decke in Chur gekauft hatte. Ein Markthändler stand auf dem Andreasmarkt und verkaufte diese Decken. Auch Tagesdecken und Kopfkissen bot er feil. Doch die Decke sah so warm und kuschlig aus – genau richtig für die Wintertage in der Schweiz.

Und jetzt sass sie hier auf Rügen fest. Wenn es so weiterging, würde sie Gernot bitten vorzeitig abreisen zu dürfen.

Sie hatte nicht die Kraft Wochenlang Chantals Anblick zu ertragen. Auch wenn ihre Ausbrüche um einiges besorgniserregender waren.

„Was war da vorhin in „Karls Erdbeerhof" los? Ist das Saftregal wirklich allein umgefallen oder hat da jemand nachgeholfen. Und wo war Paul in der Zeit gewesen!"

Bildete Chantal sich das ein oder brauchte sie nur eine gute Ausrede für das Caos das sie angerichtet hatte. Was soll's!

Maja verliess das Zimmer und ging zu den anderen die bereits am gedeckten Frühstückstisch auf sie warteten. Ihre Einkäufe lagen ausgebreitet auf

dem Tisch und das Brot war
aufgeschnitten.
„Sie seufzte… Na dann mal Guten
Appetit".

18

Am Montagmittag lief die MS Adler Mönchgut in Sellin ein. Lautes Gelächter und entzückte Begeisterungsrufe hallten von den Wellen getragen ans Ufer. Gernot, Agathe, Selma, Jacob, Tina und Maja standen auf der Seebrücke und warteten bis einige der Passagiere ausgestiegen waren.
Der heutige Tag sollte zu den Kreidefelsen führen. Maja war schon auf den Anblick vom Wasser sehr gespannt. Tina hatte das Objektiv ihrer Kamera blank geputzt um möglichst viele Fotos zu schiessen. Jacob hatte den Auftrag bekommen später wenn sie an Land gingen, Treibholz zu sammeln. Gernot wollte seine Kollektion mit Treibhölzern vervollständigen. Er hatte in dem Buch „Der alte Kanal zwischen Nord und Ostsee" gelesen… das die Abnutzung der Treibhölzer je nach Wellengang und auch Wasserstand unterschiedlich sei.

Ihm schwebte ein grosses
Treibholzgebilde vor das er im
Atelier vervollständigen wollte.
Die Miniaturform hatte er bereits
fast fertig in seiner Ferienwohnung
aufgebaut. Jacob hatte noch einige
alte Kronkorken am Strand von Sellin
gefunden und gesammelt. Jetzt
bildeten diese Kronkorken die
Unterlage für die Skulptur. Doch
Gernot Metzer schien noch lange nicht
zufrieden. Ihm schwebte auch ein
grosszügiges Bild vor aus allen
möglichen Materialien die die Ostsee
an den Strand anschwemmte.

Eine auffällige Erscheinung ging
gerade an der weissen Fassade des
Restaurants vorbei und winkte heftig
der umherstehenden Gruppe zu. An
ihrer Seite ein auffällig gekleideter
Herr, den Maja schon einmal gesehen
hatte.
Aber woher?
Chantal Jacobs Carstens sagte
Atemlos: „Oh, hallo Herr Metzer, ist
das nicht wundervoll das wir die
gleiche Idee hatten? Sie sehen heute
totschick aus. Ganz der Herr
Künstler. Wenn man sie betrachtet

kann man sich in ihrer Nähe nur
sicher fühlen.
Jacob, der neben Gernot Meter stand,
murmelte: „Tatsächlich sehr sicher".
Maja buffte ihn in die Seite. Lass
das… zischte sie zwischen zusammen
gebissenen Zähnen.

„Grossartig, Frau Carstens das sie
uns Gesellschaft leisten wollen"!
Selma Domhof sah die junge Frau
neugierig an. Hat ihr Mann heute
wieder Hausbesuche, oder warum
begleitet sie der junge Herr dort?
Das ist Rudolfo Adamski… sie müssten
ihn auf der Dinner Party gesehen
haben. Ein lieber guter alter Freud
von mir. Er springt manchmal für
meinen Mann ein. Sonst wäre ich ja
nur allein unterwegs.
Soso.. er springt ein!
„Schön wenn man so gute Freunde hat
Frau Carstens".
Ja, das finde ich auch.
Rudolfo ist der beste Anwalt auf der
Insel. Leichte Röte überzog das
Gesicht des Anwalts.
„Also, ehrlich gesagt, mache ich mir
ja nicht allzu viel aus
Schiffsreisen, aber diese hier ist
schon einzigartig! Diese alten

Kreidefelsen müssen schon
prachtvoll aussehen.
Die anderen der Gruppe entfernten
sich und gingen auf das Schiff.
Maja suchte sich einen Sitzplatz und
Tina folgte ihr. Agathe und Selma
nahmen auf der gegenüberliegenden
Seite Platz.
Mama… alles in Ordnung mit dir,
fragte Maja ihre Mutter besorgt.
Agathe sah heute etwas grau im
Gesicht aus. Sie hoffte nur das ihre
Mutter nicht auch noch seekrank
werden würde.
Irgendwie scheint Chantal heute recht
entspannt zu sein, Maja.
Ja, das ist schon sehr erstaunlich.
Aber sie hat ja den starken Rudolfo
an ihrer Seite. Hast du gesehen, wie
der Kerl sie anhimmelt.
Das ist mir schon bei der Dinner
Party aufgefallen. Das ihr Mann davon
nichts mitbekommen hat, ist mir
schleierhaft.
Ich glaube eher das Paul wegsieht
umso seine Ruhe zu haben.
Das könnte schon sein, erwiderte
Tina.
Als sie nun auch Chanel mit Rudolfo
auf dem Dampfer entdeckte holte die

Crew die Leinen ein und sie schipperten los.

Eine Lautsprecherstimme ertönte.
Als Maja zur Kapitänskabine sah, sah sie auch das die Stimme dem Kapitän gehören musste.
In seiner Uniform sah er sehr adrett aus. Wie alt mochte er sein? Sechzig Jahre vielleicht sein Rauschebart verdeckte die Mundpartie.

Meine Damen… meine Herren, ich der Kapitän begrüsse sie recht herzlich auf der MS Adler Mönchgut … unser Heimathafen ist das schöne Ostseebad Binz… die MS Adler Mönchgut ist schon ein recht altes Mädchen wurde neunzehnhunderteinundachtzig vom Stapel gelassen und fährt sein dem auf der Ostsee…. Unsere heutige Fahrt führt uns entlang der Kreidefelsen… zuvor kommen wir aber an der Seebrücke von Binz entlang und unseren Leuchtturm von Sassnitz werden wir auch alle entdecken.. ich wünsche ihnen eine gute Fahrt

Chantal kam auf sie zu. Sie trug heute ein kaminrotes Leinenkleid und lächelte. Maja schmunzelte.

Chantal war an Bewundere gewöhnt,
denn ein junger Mann der am Heck
sass, gaffte sie unverhohlen an.
Gernot setzte sich neben sie und
sagte leise: „ Das Mädchen ist mir
unheimlich".
Egal wo wir gerade sind, taucht sie
auch plötzlich wie aus dem Nichts
auf. Heute scheint sie wenigstens
glücklich zu sein. Oder ist das nur
Schein?
Majas Antwort wurde durch das
wiedereinsetzen des Lautsprechers
abgeschnitten.

*Meine Damen… Meine Herren.. sie sehen
jetzt auf der linken Seite das
Ostseebad Binz… die Seebrücke ragt in
die Ostsee hinein und bietet einige
Schiffe zum Anlegen Platz… Binz ist
das grösste Seebad auf der Insel
Rügen… es ist für seine prächtige
Bäderarchitektur bekannt … wer Binz
noch nicht erkundet hat, den darf ich
diesen Ort sehr ans Herz legen… zwei
Rückschläge musste de Ort in Kauf
nehmen, einmal die Zerstörung der
Seebrücke in der Silvesternacht im
Jahre neunzehnhundertfünf und die
zweite Katastrophe bestand im Brand
des Kurhauses im Jahre*

neunzehnhundertsechs… heute sieht man natürlich nichts mehr davon…

Tina holte ihre Kamera heraus und schoss einige Fotos von Binz. Das grosse Kurhaus sah prächtig aus, eingebettet zwischen mehreren kleineren Häusern mit derselben Architektur. Alles erstrahlte im schönsten weiss. Wie eine Braut sah Binz aus… in weissem Gewand.

Chantal hatte sich Gernot zugewandt. Sie sah ihn prüfend von der Seite an. Maja erzählte mir, das sie schon länger zusammen arbeiten.
„So ist es", gab er zu.
Sind sie jetzt nur Boss und Angestellte oder auch Freunde?
Ich kann mich nicht erinnern, Maja jemals als meine Angestellte gesehen zu haben! brummte er
Ihm war es augenscheinlich sehr lässig mit ihr zu reden.
Der Dampfer war voll besetzt. Alle Sitzplätze waren belegt. Eine Schulklasse hatte es sich im Bug bequem gemacht und genoss die Meeresbrise. Obwohl es heute leicht nieselte, waren viel Menschen

unterwegs, ging es ihm durch den
Kopf.

Das Chantal in ihrem kaminrotes
Leinenkleid nicht fror, war
erstaunlich. Obwohl sich ihre Härchen
auf ihren Armen sich vehement gegen
die Kühle der Brise zu wehren
schienen. Eine Menge Touristen waren
im Bordrestaurant geblieben umso des
Windes sich nicht aussetzen zu
müssen. Andernfalls hatte Gernot kaum
Gelegenheit die vielen Charaktere auf
dem Schiff zu studieren. Die Reise
war einfach zu kurz und die
Landschaft zu schön.
„Aber was für eine angenehme
Überraschung, das sie genau auf Rügen
Maja wiedergetroffen haben!"
Ja, da haben vollkommen recht.
Ich habe ja Maja schon Jahre nicht
mehr gesehen. Na wie auch… wir
wohnten eine Zeitlang in Kanada.
„Mein Gott, Herr Metzer ich kenne
Maja Fahrtmann seit sie ein kleines
Mädchen war. Ich war da ja selbst
noch ein kleines hübsches Ding. Nicht
viel grösser als so…. sie machte eine
entsprechende Geste. Ihre und meine
Eltern waren befreundet und wir
Mädchen eben auch. Die Schulzeit war

lustig… Wir haben vieles miteinander geteilt.
Es ist sehr schade das ihr Vater verstorben ist, er war ein ganz reizender Mann und sehr erfolgreich."

Agathe schnappte diese letzten Worte auf und drehte sich zu der jungen Frau.
Ich vermisse ihn, sagte sie leise.
Gernot nickte Agathe lächelnd zu.

„Oh, verzeihen sie Frau Fahrtmann, vielleicht ist das eine sehr indiskrete Frage"?
Chantal lächelte amüsiert.
Aber wo ist das ganze Geld geblieben, das ihr Mann gemacht hat?
Maja bekam die Unterhaltung nicht mit, da sie mit Tina an der Reling stand und die Wellen beobachtete.

Gernot Metzer sprang auf und murmelte: „ Ich habe den Eindruck mein liebes Fräulein das sie Frau Fahrtmann in Misskredit bringen wollen. Wieso sonst diese merkwürdigen Fragen?
Ich würde ihnen dringend empfehlen an ihrer Kinderstube zu arbeiten und

Respekt anderen Menschen gegenüber zu zeigen".

Agathe darf ich sie auf eine Tasse Tee einladen. Gernot nahm ihre Hand in seine und beide verliessen das Oberdeck.
Danke flüsterte Agathe.
Gernot Metzer bekam einen puderroten Kopf... solch einen Ausbruch hatte er an sich noch nie erlebt.

Chantal bellte nur: „Rudolfo komm her" Womit die vorher nette Unterhaltung abrupt zu Ende war.
Selma Domhof die auf ihrem Platz sitzen geblieben war, las noch immer in ihrem Reiseführer. Sie dachte gerade: „Diese Zweisamkeit der beiden wir nicht von langer Dauer sein, als Tina aufschrie".
Da… da… der Leuchtturm
Selma blickte durch ihre Brillengläser auf das Meer hinaus. Durch die männliche Ritterlichkeit von Gernot Metzer war Selma kurzfristig aus ihrer Pflicht enthoben. Sie sah auf den Leuchtturm und auf das angrenzende kleine Örtchen.

Bezaubernd... entfuhr es ihr. Wirklich bezaubernd...

Meine Damen... meine Herren... zu unser Linken sehen sie jetzt den Sassnitzer Hafen... Sassnitz ist ein staatlich anerkanntes Erholungsgebiet und lockt jedes Jahr tausende von Touristen an... zweitausendzwölf wurde Sassnitz als UNESCO Welterbe anerkannt... worauf die Insulaner sehr stolz sind... ein ganz berühmter Maler „Caspar David Friedrich" malte hier das romantische Gemälde „Kreidefelsen auf Rügen"... in einigen Minuten werden wir die Kreidefelsen sehen...

Tina sah das Chantal sich aufgeregt mit ihrem Begleiter unterhielt.
Was ist denn mit deiner Freundin los, Maja?
Woher soll ich das denn wissen?
Hast du das vorhin auch mitbekommen, das Chantal Gernot mit irgendetwas aufgebracht hatte. Er ist mit deiner Mutter runter gegangen.
Gernot und meine Mutter... Tina bist du dir sicher. Gernot ist doch der letzte der die Gesellschaft andere sucht.

Ja, wenn du mir nicht glaubst .. geh doch ins Restaurant und schau nach.

Nein, die beiden sind schliesslich erwachsen und ich finde die beiden könnten sich gegenseitig sehr gut tun.
Willst du Gernot mit deiner Mutter verkuppeln? Tina sah überrascht aus.
Tina, wenn du ehrlich bist…. passen sie recht gut zusammen.
Äh… sicher?
„Ja, ganz sicher. Beide sind allein und Gesellschaft tut doch jedem Menschen gut. Schau dich an! Du blühst wie eine Rose in unserer Gesellschaft auf"!
Doofie… entfuhr es Tina und grinste breit.
Sie traten wieder an die Reling und liessen sich die frische Brise um die Nase wehen.
Einzigartig… seufzte Tina. Ganz einzigartig.
Die Ostsee war blau und sah recht kühl aus. In Ufernähe schimmerte das Wasser leicht grünlich und klar.
Maja und Tina konnten sich nicht satt sehen. Sie hatten weder Lust ins Restaurant zu gehen noch sich anderweitig zu betätigen Einfach hier

stehen und aufs Wasser schauen. Die Wellen beobachten und seinen Gedanken freien Raum lassen. Genau das wollten sie und taten auch die beiden Freundinnen.

„Wie herrlich der Wind ihre Haare zerzauste", dachte Maja. Die See hat etwas Beruhigendes an. Mit halbgeschlossenen Augen liess sie ihren Gedanken weiter treiben. Tinas Augen waren geöffnet. Sie sah durch ihre Kamera und schoss ein Foto nach dem andern.

Ein Knistern – ein Rauschen bis die Lautsprecher wieder erklangen.

Meine Damen… meine Herren… wir erreichen die Kreidefelsen… der Königsstuhl ist der bekannteste Kreidefelsen… wenn sie noch Zeit und Musse haben empfehle ich ihnen eine Wanderung entlang des Hochuferweges… etwas abseits des Königstuhls befindet sich die Viktoriaschlucht, dort befindet sich eine Aussichtsplattform auf der sie eine wunderschöne Aussicht geniessen können… die Kreidefelsen grenzen am Nationalpark Jasmund und wer sich zu Fuss auf macht…. Durchquert den

*Nationalpark mit seinen gut
erhaltenen Baumbestand… die Buche ist
hier vorrangig angesiedelt… viele
seltene Tierarten aber auch
Pflanzenarten können im Nationalpark
wachsen und gedeihen… wer einmal den
Nationalpark betreten hat.. weiss wie
sich eine Märchenwelt anfühlen muss…
Ich bedanke mich bei ihnen … unsere
Rundreise geht jetzt wieder nach
Sellin zurück… ich wünsche ihnen noch
einen schönen Aufenthalt auf der MS
Adler Mönchgut….*

Applaus erklang.

Jemand schrie.

Die Passagiere rannten auf sie zu,
schwenken die Arme und schrien etwas.
Der Wind trug die Worte mit sich.
Tina sah Maja verständnislos an.
Maja lief in die Richtung woher der
Schrei kam. Schnappte sich den Arm
der jungen Frau und riss sie mit
sich.
Keine Sekunde zu früh. Ein Mast
schlug der Länge nach auf. Wäre
Chantal dort stehen geblieben, wäre
sie von dem Mast erschlagen worden.
Entsetzt klammerte Chantal sich an

Maja, sie war leichenblass geworden.
Gernot Metzer kam die Treppe herauf
gestürmt und rannte Tina fast um.
Man, Man junges Fräulein das ist aber
gerade noch einmal gut gegangen. Er
blickte auf Chantal.
Die Blicke der umstehenden Passagiere
wandten sich in die Höhe. Auf dem
Dach des Kapitäns wo der Mast
befestigt war, war niemand.
Sie wirkte immer noch wie betäubt.
Maja war ausser sich vor Wut und
Zorn. „Wie kann denn so etwa möglich
sein? Es hätte Menschen treffen
können.
Gernot sagte: " Ach du Gott, das war
aber auch knapp. Wurde der Mast nicht
richtig gewartet oder warum ist der
umgefallen. So stürmisch ist es doch
nicht. Eine leichte Brise weht, mehr
ist es doch nicht.
Chantal zitterte am ganzen Körper.
Das war Absicht… genau wie … sie
brach ab.
Maja vollendete den Satz.
„Du meinst… wie im Erdbeerhof mit
dem Saftregal.
Der Mast hätte dich erschlagen
können. Bist du dir wirklich sicher,
dass du keine Feinde hast"?
Chantal schluckte schwer.

Sie versuchte ein kurzes Lächeln.
Komm jetzt setz dich erst einmal und
beruhige dich.
Ein Mann von der Crew kam mit einem
Glas Gin und reichte es ihr.
Sie setze sich und trank das Glas in
einem Zug. Danach schüttelte sie sich
leicht. Maja kochte vor Wut. Es hätte
hier jeden treffen können. Hier waren
Kinder auf dem Schiff.
Der Kapitän hatte die Situation
erfasst und bereits die Polizei in
Sellin informierte. Jetzt hatte der
erste Steuermann das Ruder in der
Hand. Der bärtige Mann strich ihr
leicht über die Schulter.

Junge Frau ich bin untröstlich, aber
ich weiss auch nicht wie das
geschehen konnte.
Die Polizei ist bereits
benachrichtigt. Sie erwarten sie an
Land.
Ich bin wirklich untröstlich junge
Frau.
Maja blieb noch eine Weile an
Chantals Seite. Ihr Begleiter war mit
der Situation vollends überfordert
und trank schon sein zweites Bier.

Männer! schimpfte Maja

19

Was meinst du Maja?
Tina sah ihre Freundin etwas erstaunt
an.
Was soll ich wozu meinen?
Na zu dieser ganzen Sache…
Ich weiss ja nicht, wie es dir geht…
aber irgendetwas ist hier ober faul.
Gegenstände die befestigt sind,
fallen nicht so einfach von selbst
um.
„Du siehst Gespenster"!
Wir sind hier nicht bei Agatha
Christie die ihre Leichen irgendwo
versteckt hält. Gehst du mal zu
Gernot und sagst ihm und den anderen
das wir bald wieder zurück sind. ich
glaube wir haben uns eine kleine
Stärkung verdient.
Darauf kannst du wetten, nach diesem
Schreck.

Die MS Adler Mönchgut nah gerade Kurs
auf Sellin. Die Seebrücke war bereits
ganz deutlich zu sehen, was auch zu
sehen war… am Rande der
Wilhelmstrasse stand ein Polizeiwagen
mit Blaulicht.

Ein kleines Mädchen mit fliegendem rotem Haar stand an der Reling und beobachtete fasziniert das flackernde Licht. Sie schien weit weg mit ihren Gedanken zu sein.
Als sich ihre Lippen unmerklich bewegten. Aus der Stille erklang ein melancholisches Lied. Es war eigentlich nur ein Wispern, doch Maja stand nah genug um die traurigen Worte zu verstehen.

„Trauriger Sonntag dein Abend ist nicht mehr weit…, mit schwarzen Schatten teil ich meine Einsamkeit… schliess ich die Augen dann seh ich sie Hundertfach… ich kann nicht schlafen… sie werden nie wieder wach…"

Maja erwachte wie aus einem Traum. Das Lied vibrierte noch immer in ihrem Kopf das das Mädchen gesungen hatte.

„Hallo Kleine…"!

„Oh… ich habe gar nicht bemerkt, dass sie neben mir standen.

Entschuldigen sie… ich wollte sie nicht stören".
Du hast mich nicht gestört. Ich habe dir beim Singen zu gehört. Du hast eine sehr schöne Stimme.
„Ja, das sagt mein Onkel auch immer zu mir. Ich soll nach seiner Meinung Gesangsunterricht nehmen um meine Stimme mehr zu trainieren".
Kann ich verstehen.
„Wissen sie wenn ich singe bin ich ganz bei mir! Dann vergesse ich alles um mich herum. Ich liebe es den Tönen freien Raum zu lassen und das sie mit den Wellen oder dem Wind weggetragen werden".
Wie heisst du denn?
„Alissa, das Mädchen sah ihr tief in die Augen".
Ein schöner Name.
Woher kennst du denn dieses traurige Lied?
„Mein Grossvater hat es manchmal gesungen und der hat es von seinem Vater".
Und wie heisst das Lied?
„Mein Grossvater hat immer nur vom traurigen Sonntag gesprochen! Das Lied muss schon seit Generationen in unseren Familie gesungen worden sein".

Aha… „und wieso singst du es gerade jetzt"?
„Na sieh doch nur – dabei zeigte sie in die Richtung des Ufers. Da sind Blaulichter und dort kommt gerade noch ein Krankenwagen mit Sirene. Hörst du denn die Töne nicht? Das Mädchen sah Maja erstaunt an".
Nein… ich höre nur die Wellen die rauschen.
„Wir hatten so viel Spass auf der Schiffsfahrt und dann passierte dieses Unglück. Ein Tag der traurig endet… meinst du nicht"!

Maja sah die Kleine erschüttert an. Wie alt mochte sie wohl sein? Vielleicht zehn oder elf Jahre und doch schon sehr weise für ihr Alter. Es wurde ja zum Glück niemand verletzt.

A…li…ssa… hörte Maja eine Stimme das Mädchen rufen.
Ich muss gehen, meine Tante sucht mich schon.

„Danke für das schöne Lied Alissa und schön dich kennengelernt zu haben"! Maja winkte der Kleinen hinterher und wurde nachdenklich.

Wer war das denn Maja? Tina gesellte sich gerade zu ihr.

Alissa… wunderschöner Name… habe ich noch nie gehört… Alissa… murmelte Maja vor sich hin.

„Maja"? wiederholte Tina noch einmal und legte den Kopf ein wenig zur Seite.

„ Ach ist schon in Ordnung Tina".

Alles ist in bester Ordnung, hast du Gernot Bescheid gesagt?

Ja natürlich habe ich das.

Wo ist Chantal?

Sie ist beim Kapitän und lässt sich trösten.

20

Elena Vilija kam auf sie zu. Wir
haben den Notruf bekommen. Ist
irgendjemand verletzt?

Maja und Tina die die ersten waren,
denen diese Frage gestellt wurde –
schüttelten den Kopf.
Nein, verletzt wurde niemand. Es war
ein riesen Glück, das ich rechtzeitig
Chantal von der umfallenden Stange
weggezogen habe. Das hätte auch
mächtig ins Auge gehen können.

Wem sagen sie das? Elena Vilija
bahnte sich den Weg durch die
Menschenmenge.
Es erleichterte sie, das alle
Passagiere wohl auf waren.

Während Chantal Elena Vilija ihr Herz
ausschüttete, gingen die kleine
Gruppe um Maja und Tina in das Café
auf der Seebrücke.
Gernot Metzer zog einen Stuhl vom
Tisch und liess Agathe sich setzen.
Selma und Jacob nahmen sich erst
einmal die Speisekarte vom Tisch und
studierten sie. Maja stand immer

noch neben ihrer Mutter und grinste Gernot an.

Was…? Habe ich einen Pickel auf der Nase Schätzchen.

Maja beugte sich zu ihm und flüsterte ihm ins Ohr.

„ Meine Mutter hat aber einen ganz feinen Verehrer":

Gernot schnaubte nur und grinste.

Lass mich doch.

Sie sieht von Tag zu Tag besser aus.

„Mhm… genau, dir geht es nur um ihre Gesundheit. Klar versteh ich schon. Und sonst um nichts anderes. Mach du mal ruhig… ich gönn es euch beiden".

Maja setze sich nun auch und studierte auch die Karte.

Die Kommissarin Elena Vilija schritt gerade mit Chantal und ihrem Begleiter an ihrem Tisch vorbei, als sie noch einem inne hielt.

„Könnte ich sie später noch einmal sprechen"?

Ja sicher.

Sie wissen, wo sie uns finden können? Maja sah sie fragend an.

Ja, ich hatte auf der Dinnerparty gehört das sie in der Concordia zur Zeit wohnen. Ganz genau „Haus Concordia". Im vorderen Objekt finden sie alle von uns.

„Sagen wir gegen acht Uhr"?

Perfekt Frau … jetzt habe ich doch
ihren Namen vergessen. Aber es waren
an diesem Abend so viele neue
Bekanntschaften die wir schliessen
durften, das es unmöglich ist alle
Namen jetzt noch zu wissen.
Entschuldigen sie bitte!

Sie müssen sich dafür nicht
entschuldigen. Ich kenne die Partys
von Chantal. Manchmal übertreibt es
die Gute.
Kommissarin Vilija… sie zeigte ihnen
ihre Marke.
Danke bis später.
Tina blickte der Kommissarin
hinterher. Was meint ihr, ob das
alles wirklich nur Zufall war oder
ist die hübsche Chantal in Gefahr.
Gernot legte seien Kopf schief. Wieso
denkst du das?
Naja, das ist jetzt schon das zweite
Mal das irgendetwas auf sie
hinabstürzt. Ich finde es sehr
merkwürdig.
Aber Maja meint ja nur, das ich mir
das nur alles einbilde.
Und… ist es so?
Nein! Irgendetwas ist hier faul.

21

Maja spazierte allein am Strand
entlang. Sie war gerade damit
beschäftigt einen kleinen Klumpen
Bernstein aufzuheben als sie eine
Stimme vernahm.
Sie erhob sich und sah Paul direkt in
die Augen. Alles andere um sie herum
wurde in diesem Moment unwichtig. Wie
unbegründet waren seine Befürchtungen
gewesen. Sie sah noch genauso hübsch
aus wie damals. Sie trug ein leichtes
Sommerkleid das der Wind um ihre
Beine flattern liess. Paul konnte
sich nicht erinnern, wann er Chantal
in solch einem hübschen Kleid
gesehen hätte. Bei ihr musste es
immer gleich sehr mondän und
aufgeputzt sein.
Er ging durch den Sand auf sie zu.
Seine Schuhe trug er zusammengebunden
über der Schulter. Paul spürte immer
noch dieses unsichtbare Band zwischen
ihnen, das sie miteinander verband.
Bereits beim Hausbesuch bei ihrer
Mutter hatte er dieses leichte
Kribbeln verspürt.
Als er vor ihr stand, streckte sie
ihm die Hände entgegen.

Paul ergriff sie und wusste das er recht hatte. Maja ging es ebenso wie ihm.

Maja blickte Paul an. Die Stimmen der anderen Urlauber schienen zu verstummen. Sie hörte nur noch seine Stimme.
„Hallo Maja"!
Mehr sagte er nicht, doch das Kribbeln auf ihrer Haut war unverkennbar.
Früher hatten sie niemals viele Worte gebraucht, um sich etwas zu sagen.
„Paul… hörte sie sich antworten". „Es tut mir leid für mein Benehmen vor einigen Tagen".
Es ist lange her Maja.
„Zu lange".
Die jungenhaften Züge von damals waren verschwunden, sein Gesicht war härter… männlicher geworden. Er war jetzt siebenunddreissig Jahre alt.
Aber der Blick seiner blauen Augen liessen sie immer noch wie in einen Strudel sehen.

Maja hätte nicht mehr sagen könne, wie lange sie so am Strand gestanden hatten.

Als Tina aufgeregt auf sie
zugelaufen kam.
Sorry, Leute… ich hoffe ich störe
nicht bei eurem Wiedersehen… aber
deine Mutter geht es nicht gut.
Sie hyperventiliert. Ich glaube es
war heute zu viel für sie.

Oben an der Böschung steht mein Auto.
Kommt wir fahren sofort zu ihr.
Tina beobachtete die beiden und leise
Eifersucht stieg in ihr auf. Sie
schob diese Empfinden so gut es ging
beiseite. Jetzt war Majas Mutter
wichtig. Gernot hatte sie so
aufgescheucht Maja zu suchen, das sie
direkt zum Strand gelaufen war.

Paul Carstens untersuchte seine
Patientin und verordnete ihr für
diesen Abend Bettruhe und keine
Aufregung. Jacob hatte bereits eine
Kanne süssen Tee gekocht und stellte
diese auf das Beistelltischchen.

Ach, ihr seid alle so lieb zu mir.
Mama, schlaf jetzt ein bisschen.
Heute war ein aufregender Tag für
dich. Ich bleib noch etwas bei ihr,
bat Selma.

Möchte sie das ich ihnen etwas
vorlese.
Nein, gehen sie ruhig zu den anderen.
Es geht mir gut. Sie nahm die heisse
Tasse Tee und schnupperte. Mhm… der
Tee riecht nach Erdbeeren. Sie trank
einen kleinen Schluck.
Es war Abend geworden. Der Tag war
bereits vollgestopft mit Erlebnissen
- ein lauer Sommerabend. Es stellte
sich langsam in den Ferienwohnungen
Ruhe ein.

Majas Mutter schlief. Alma sass auf
dem Balkon und strickte einen
grasgrünen Schal für den Winter.

Tina Handy klingelte.

„Hallo Deetz am Apparat"!
Wo sind sie denn… ich meine wo bist
du denn, verbesserte sich Tina rasch?
Ok… ja ich bring meine Kamera mit.
In zehn Minuten bin ich da.
Maja ok… suche ich und bring sie auch
mit.
Wieso eigentlich?
Hallo…
Aufgelegt!

Tina schnappte sich ihre Kamera und verliess die Wohnung. Maja traf sie auf der Parkbank bei den Rosenbüschen vorm Haus an. Der Duft umfing sie.
Sie schien nachzudenken.

Hallo Tina, schöner Abend heute nicht wahr.
Ja, da hast du recht meine liebe.
Aber…
Was aber?
Ich hatte gerade einen merkwürdigen Anruf von deinem Boss.
Und?
Komm einfach mit, wir wurden beiden zur Tauchglocke befohlen.
„Zur Tauchglocke? Jetzt"?
Jetzt… ich habe noch einige andere Stimmen im Hintergrund gehört. Frag mich bitte nicht, was dein Boss ausgeheckt hat.
Ich bin da völlig überfragt.
Na super!
Eigentlich wollte ich es mir hier gemütlich machen.
Na was soll es. Nun komm schon!

Als beide Frauen die Wilhelmstrasse entlang gingen, waren noch einige der Urlauber auf den Beinen.

Einige sassen in den Bars und liessen
es sich gut gehen, andere spazierten
Hand in Hand die Seepromenade
entlang.
Vergessen war fast der schreckliche
Vormittag.

„Wieviel schöner die Häuser im
Mondschein erstrahlen", rief Tina
erstaunt. Die weissen Holzfassaden
bekamen einen bläulichen Glanz und
schimmerten wie Perlmutt im
Mondlicht. Das hübsche Hotel dort
habe ich bei Tageslicht gar nicht
richtig wahrgenommen.
Wie schade das deine Mutter das jetzt
nicht sehen kann! Aber das muss sie
unbedingt auch sehen. Sellin bei
Nacht.
Wow… entfuhr es ihr.

„Ganz ehrlich Maja, ich kann nicht
verstehen wie dein Paul es mit dieser
Schnepfe Chantal aushalten kann, ist
mir schleierhaft" meine Tina
mitglänzenden Augen.
Wie oft soll ich dir noch sagen, dass
es mein Paul ist!
Ja, sicher … ich habe doch Augen im
Kopf.

Was war das denn am Strand als ich
euch gestört habe. Ich habe die
Funken förmlich sprühen gesehen.
Du spinnst Tina.
Wir sind… Freunde. Mehr nicht…
Ja, ja – ihr seid nur Freunde. Das
kannst du deiner Grossmutter
erzählen. Aber nicht mir.
Wenn du dir selbst einreden willst
das ihr Freunde seid, ist das deine
Sache.
Mach doch mal die Augen auf und schau
dir den Kerl genau an. Der hat dich
mit Haut und Haaren am Strand
verschlungen.

Apropos „Verschlungen" – wollte nicht
diese Kommissarin heute Abend noch
aufkreuzen.
Du wechselst das Thema, meine liebe.
Ja, stimmt. Dann wird es wohl nicht
so wichtig gewesen sein.

Chantal kommt mir wie die böse Hexe
in den Märchen vor. Sie krallt sich
jeden Mann und lässt ihn nicht mehr
aus ihren Fängen.
Den armen Gernot hat sie auch bald
weichgespült und lässt ihn dann am
Hacken zappeln.

Findest du nicht das er etwas „weich"
geworden ist.
Maja sah ihre Freundin von der Seite
an.
Meinst du nicht, das geht dich nichts
an!
Gernot ist ein ganz sanftmütiger
Mensch. Ich arbeite jetzt so viele
Jahre mit ihm zusammen, das ich das
beurteilen kann.
Tina sagte abwehrend: „Ich wünschte
du würdest nicht immer gleich
explodieren, wenn es um deinen Boss
geht".
„Verstehst du denn nicht, das ein
Künstler wie er – frei und ungebunden
von allem sein muss. Wo sollten sonst
seine kreativen Ergüsse herkommen"!
„Künstler gelten in der Branche als
schwierig – ich finde Gernot
überhaupt nicht schwierig. Er ist
eben … Gernot".
Die Menschen sind nicht gleich. Es
wäre auch etwas langweilig, wenn alle
Menschen auf der Erde dasselbe
wollen, dasselbe können oder dasselbe
machen.
Findest du das nicht auch.
Wenn ich jetzt so eine tolle
Fotografin wie du wäre, hättest du
jetzt keinen Job mehr.

Tina sah sie besorgt von der Seite an.

Reg dich doch nicht so auf.

Ich reg mich nicht auf Tina. Mir geht nur das ganze Chantal Getue sowas von auf die Nerven.

Chantal hier… Chantal da… Chantal oben… Chantal unten… ach die arme Chantal… so ein armes Mädchen… bla bla bla, entfuhr es Maja.

Tina errötete leicht. Du bist unmöglich…

Ich weiss seufzte Maja, ich weiss. komm wir müssen weiter gehen. Wir sind gleich da.

Ich bin gespannt, was uns erwartet.

Von weitem sahen die beiden Frauen das riesige Festzelt. Es stand wie ein wildgewordener Drache mitten auf der Seebrücke. An den Seiten des Zeltes flatterten gelbrotgestreifte Bänder und es sah tatsächlich so aus, als würde ein Drache Feuer spucken.

Was zum Teufel… weiter kam Maja nicht.

Da seid ihr ja, empfing Chantal sie mit freudiger Erregung.

Chantal hakte sich bei Maja und Tina ein und die drei Frauen gingen gemässigten Schrittes zum Festzelt. Ich dachte mir, ich müsste den Tag heute noch etwas aufpeppen. Die schöne Seefahrt wurde ja so ruiniert, säuselte Chantal vor sich hin. Ach das war aber auch ein Pech. Na, Schwamm drüber – ist ja nichts passiert. Nur mein schönes Kleid wurde ruiniert.

Das klang aber heute Mittag noch etwas anders bei dir. „Ach was, was interessiert mich mein Geschwätz von gestern". Chantal machte eine abwerfende Handbewegung. Nun kommt, Gernot ist auch schon in Feierlaune.

„Gernot"? riefen beide Frauen zugleich aus Ja, ich habe vorhin Gernot, also Herrn Metzer an der Tauglocke entdeckt und ihn dazu überredet mir Gesellschaft zu leisten. Tina und Maja betraten das Zelt. An zwei beleuchteten Seiten standen livrierte Kellner und bewirteten die Gäste mit Champagner, Saft und Häppchen.

„Das Leben ist doch so schön, nicht war"! Für alles ist gesorgt. Schön wenn man Freunde hat.
Maja hörte Chantal gar nicht mehr zu. Sie sah sich mit offenem Mund im Zelt um.
Wie hat sie das so schnell auf die Beine gestellt? Tina zuckte nur mit den Achseln.

Moment bitte. Wenn ihr mich entschuldigen wollt. Ich habe den Eindruck, unser Ehrengast möchte die Party verlassen. Das kann ich einfach nicht zu lassen. Chantal bahnte sich einen Weg durch die Menge, direkt auf Gernot Metzer zu. Aber… aber… Gernot, die Nacht ist noch jung und schauen sie, ihre netten Mädchen sind auch soeben eingetroffen.
Chantal hakte sich bei ihm ein und lächelte ihn dabei freundlich an. So schnell, möchte ich sie nicht gehen lassen. Das kommt nicht in Frage. Sie wollen doch etwas von der Insel sehen. Und wo kann man das als auf einer Party.

Gernot kratzte sich am Kinn.

Ich bin eigentlich kein Partymensch.
Verstehen sie Frau Carstens, ich
brauche Ruhe…
Ach, papperlapapp… Ruhe braucht kein
Mensch. Das Leben wird gelebt werden.
Was gibt es besseres als unter
Freunden das zu tun.
Gernot suchte den Blick seiner
Assistentin. Wortlos formte er das
Wort „HILFE".

Maja trat zu Gernot und Chantal.
„Darf ich dir meinen Boss kurz
entführen". Schon hatte sie sich
Gernot geschnappt und sie verliessen
das aufgeheizte Zelt.
Tina folgte beiden.
Ein kurzer Spaziergang wird uns jetzt
gut tun.

Die Luft war warm und feucht. Der
Wind der Ostsee liess die Wellen
tosen. Ein Schauspiel sondergleichen.
„Danke".
Gernot war aufrichtig dankbar, das er
aus der Hölle entkommen konnte.
„Was für eine Frau"? Gegen die ist
kein Kraut gewachsen.

Was wolltest du uns eigentlich
zeigen?

Das da… er zeigte auf das Ende der Seebrücke.

Ich kann nichts erkennen.

Ich war vorhin spazieren, wollte den Vormittag aus meinen Kopf bekommen, als ich an der Taucherglocke angekommen bin.

Sehr spannend Kinder… das sag ich euch.

Ich muss da unbedingt morgen nochmal hin. Leider war schon geschlossen. Aber was ich auf dem Informationsschild gelesen habe, klang vielversprechend für mich.

Maja…. er sah sie an, kannst du dir vorstellen… eine ganze Küstenlandschaft aus Ton und Gestein zu erstellen.

Wie meinst du das jetzt?

Als Installation? Maja sah ihn aufmerksam an.

Ja, Mädchen du hast recht – eine grosse Installation, nicht nur ein Wandobjekt – nein eine Grossinstallation.

Perfekt.. gutes Mädchen, dabei tätschelte er ihre Schulter. Ich weiss was ich an meinem Prachtexemplar von Assistentin habe.

Tina bemerkte – das klingt gut und ich könnte die einzelnen

Arbeitsschritte mit meiner Kamera festhalten. Dann können wir gemeinsam auswählen, ob wir einen kleinen Zyklus ins Buch rein nehmen oder nicht. Ach, das klingt spannend – endlich bewegt sich was.
Komm zeig uns mal das Informationsschild.
Am Ende der Seebrücke ragte wie eine grosse Kracke eine gläserne Tauchglocke empor.
Also die Öffnungszeiten sind erst ab zehn Uhr. Aber man kann die Glocke vorher schon von aussen skizzieren und fotografieren. Das sollten wir aber sehr früh erledigen. Ich denke es werden genug Touristen das Ziel auch ansteuern und dann ist es mit der beschaulichen Ruhe vorbei.
Tina sah Maja und Gernot an und wartete auch deren Zustimmung.

Nichts…
Die beiden waren gerade in die Beschreibung der Tauchglocke so versunken, das sie nichts wahrnahmen.

Tina las laut:

Die Tauchglocke befindet sich am Kopf der dreihundertvierundneunzig Meter

*langen Seebrücke. Die Tauchgondel
wurde zweitausendacht das erste Mal
in Betrieb genommen.
Mit der Tauchgondel können die
Besucher der Insel Rügen einen
Tauchgang der besonderen Art zum
Meeresboden der Ostsee erleben. Die
Tauchgondel ist die zweite ihrer Art
und bietet dreissig Personen Platz.
Eintrittspreis, Erwachsene acht Euro
und Kinder fünf Euro.*

Geht ja noch, entfuhr es ihr.

*Öffnungszeiten von zehn bis neunzehn
Uhr, in den Monaten Juli und August
bis einundzwanzig Uhr.
Eine Tauchfahrt dauert dreissig bis
vierzig Minuten. Die Besucher der
Tauchgondel erleben hautnah die
Ostsee und erfahren bei einem kleinen
Vortrag alles Wissenswerte.
Mindestteilnehmerzahl sechs Personen
und maximal dreissig Personen.*

Tina muss lacht laut auf. Ab
dreissig Personen kippt die
Tauchglocke wohl in die Ostsee und
schwimmt selbst.

Maja gab ihr einen heftigen Stoss in
die Rippen. Doch auch sie musste
über diese Bemerkung schmunzeln.

Ich bin müde. Gehen wir schlafen.
Einträchtig und erhobenen Kopfes
stolzierten die Drei an dem Partyzelt
vorbei und gingen in ihre
Ferienwohnungen.
Das Rufen hinter ihnen überhörten sie
geflissentlich.

22

Gernot Metzer wusch sich gerade den letzten Schaum von seinem frisch rasierten Kinn, als es an der Badezimmertür klopfte.
Moment ich bin gleich fertig.
Maja und Tina stehen schon vor der Tür, rief Jacob durch die geschlossene Tür.
Sie sagen ihr seid verabredet. Jacob klopfte noch einmal an die Tür.
Ja, ich weiss. Sa ihnen sie sollen schon mal vorgehen, ich komme nach. Tina und Maja wissen schon was ich damit meine.
Ok… du bist der Boss, erwiderte Jacob salopp.

Maja seufze tief auf und erschrak darüber selbst.
„Es ist schon recht lange her" sagte sie leicht verlegen.
Was? Tina war verwirrt.
Ich war vorhin noch kurz bei meiner Mutter und sie sieht so gut, wie nie zuvor aus. Es scheint ihr hier richtig gut zu gehen.
Mhm… brummelte Tina, ich will ja jetzt nicht schon wieder sagen… das

das nicht nur an der guten Seeluft
liegt.
Maja sah sie scharf von der Seite an,
dann sag es doch nicht.
Tina grinste, du wirst dich noch an
meine Worte erinnern. Glaub mir das.

Das kleine Café auf der Seebrücke
hatte schon geöffnet. Einige
Frühaufsteher oder
Nochnichtzubettgeher sassen
vereinzelt an den Tischen und tranken
Kaffee und assen Croissants. Der
Kaffeeduft kitzelte ihre Nasen. Am
Ende schimmerte ein weisser Kollos
aus Fallschirmseide. Das Partyzelt
stand noch immer.
Hoffentlich lässt Chantal das Zelt
noch rechtzeitig abbauen, denn schön
geht anders. Was am Abend wie ein
Feuerspeiender Drache gewirkt hatte –
sah jetzt wie ein schäbiger weisser
Schneeberg aus. Der gnadenlos der
aufgehenden Sonne ausgesetzt wurde
und mehr und mehr verblasste.
Wenn wir unsere Skizzen und Fotos
gemacht haben, setzten wir uns auch
in das Café und geniessen einen
Kaffee. Den haben wir uns aber dann
auch verdient. Maja stand gerade an
der Treppenspitze und skizzierte mit

leichtem Strich das vor ihr liegende Gebäude. Ein prächtiger Bau… es domminierte an der Frontseite Glas, das jetzt herrlich in der Morgensonne schimmerte. Die beiden Glockentürme in der Mitte ragten wie zwei lustige Riesen empor. Ein Anblick den man nicht so schnell vergessen würde.

Tina sah auf die Skizze.
Das kannst du richtig gut. Warum bist du eigentlich nur Assistentin und machst nicht selbst Kunst?
Ich mag nicht im Mittelpunkt stehen Tina. Kunst erschaffen macht mir riesigen Spass, aber dann mit den Kunden oder Galeristen darum pokern wer das meiste Geld für welches Bild zahlen möchte, ist mir dann doch zu viel. Ich bleibe mal schön im Hintergrund und mache meine Kunst auf meine Weise.

Aber eigentlich schade Maja. Du hast so viel Talent.
„Wieviel Prozent von Dir stecken eigentlich in Metzers Projekten“?
Die Ideen sind meistens von ihm, ausser die Idee von gestern Abend. Das warst hundertprozentig du.

Das ist doch egal, Tina. Hauptsache ist doch das sich jeder dabei wohl fühlt. Und über mein Gehalt kann ich jetzt nicht meckern. Gernot ist sehr grosszügig. Die Reise ging auch auf seine Kosten.
Ich würde es mir an deiner Stelle überlegen.
Es ist gut so wie es ist, glaub mir.

Was ist gut so wie es ist? Gernot trat gerade neben Maja und Tina.

Ach nichts… es ist fast neun Uhr, wir haben nicht mehr viel Zeit bis die Touristen eintreffen werden.
Kommt jetzt. Gemächlich gingen sie einträchtig neben einander her.

Gernot blieb stehen und holte sein Skizzenbuch hervor und fing an die Taucherglocke zu skizzieren. Tina schoss Foto um Foto und Maja sah beiden dabei zu.
Eigentlich hatte Tina Recht, ging es ihr durch den Kopf. Aber sie verwarf den Gedanken sofort wieder.

Tina sah durch ihre Kamera. Sie holte das Bild das sie fotografieren wollte näher an sich heran und stockte.

Seht ihr das auch?
Tina gab Maja und dann Gernot die
Kamera.
Da lag vor der Taucherglocke eine
Gestalt. Das purpurfarbene Kleid
wehte im Ostseewind.
Wer ist das?
Gernot grunzte. Da hat es gestern
Abend jemand nicht mehr nach Hause
geschafft.
Komm wir sehen mal nach. Es muss doch
kalt gewesen sein in der Nacht.

Stockend und langsam erkannte Maja
die Person.
„Chantal"! entfuhr es ihr.
Sie lief zu der Frau und rüttelte an
ihr.
Hey, aufwachen… du musst… sie
stockte…
„Scheisse" entfuhr es ihr.
„Es ist passiert".
Was ist passiert?
Gernot und Tina traten zu ihr.
Chantal Jacobs Carstens lag in ihrem
purpurroten Seidenkleid leblos auf
den Planken der Seebrücke. Ihr Kleid
wirkte wie drapiert um sie herum.
Jede einzelne Falte war sorgsam
glattgestrichen worden. Die rechte
Hand stütze ihr Kinn, wobei die linke

sich auf ihrem Bauch auszuruhen
schien.
Chantal war tot. Eine Wunde liess
ihr Blut aus dem Kopf entweichen. Es
war bereits geronnen.
Sie starb durch einen Kopfschuss –
heute Nacht.

Sie sahen sich schweigend an. Zwei
Bilder zeichneten sich vor Majas
innerem Auge ab. Das kleine
hochnäsige verwöhnte Mädchen mit den
langen Zöpfen aus Kindertagen und die
junge Frau die alles hatte, was sie
sich wünschte und doch nie zufrieden
mit dem zu sein schien was sie
besass.

Tina fischte ihr Handy aus der
Hosentasche und wählte die 110.

Was war nur los mit ihr? Maja
schüttelte sich. Wieso hatte sie es
nicht geahnt? Es fing doch schon in
Karls Erdbeerhof an und dann auf der
MS Adler Mönchgut. Grosse Regale
fallen nicht einfach, Mastsegel
geraten auch nicht aus dem Lot. Es
gab so viele Anzeichen – das Chantal
in Gefahr war. Aber wer wollte das
sie starb? Wer?

Maja war ratlos. Sie musste taub und blind gewesen sein.

Ein Polizeiwagen mit Blaulicht kam an den Strand gefahren. Zwei Polizisten stiegen eilig aus und liefen auf sie zu.
Maja erkannte das es ein Mann und eine Frau waren. Die Polizistin war ihr bereits bekannt.
Kommissarin Elena Vilija sah schockiert auf den leblosen Körper.
Ist sie es?
Maja nickte nur.
Haben sie etwas angefasst?
Maja bekam kein Wort über die Lippen. Tina sprang ihr zur Seite. Maja hat ihren Puls gemessen, mehr hat sie nicht getan. Wir haben sonst nichts angefasst. Ich habe gleich die eins eins null angerufen. Das ist unfassbar. Wer macht denn sowas?
Das ist mein Kollege Kommissar Weigler. Er wird mich in den Untersuchungen unterstützen.
Kommissar Weigler war ein schmaler Mann mit schütterem Haar. Er hatte bereits den Zenit seiner besten Jahre überschritten. Sein hageres Kinn zeichnete sich bereits markant ab.

Der Dreitagbart war ungepflegt und seine Haut schimmerte grau hindurch.

Weigler sah sich die leblose Person an. Ist das nicht diese….
„Weigler"! rief Kommissarin Vilija scharf.
Gernot wandte sich jetzt an die Kommissarin. Sie waren doch auch gestern auf der Party. Ich glaube ich habe sie dort gesehen.
Vilija nickte.
Haben sie eine Ahnung wer der jungen Dame nach dem Leben trachtete.
Vilija schüttelte stumm den Kopf.
Nun, meine liebe was gedenken sie zu tun?
Eine Frau von vierzig Jahren trat zu ihnen. Darf ich mal.
Ach Frau Doktor Kanter, gut das sie schon da sind. Schneller ging es nicht. Sie kennen ja den Inselverkehr um diese Uhrzeit.
Das ist unsere Gerichtsmedizinern Frau Doktor Anna Kanter. Wir werden sie mit ihrer Arbeit allein lassen. Weigler sperren sie die Brücke ab. Komplett… hier kommt zurzeit keiner rauf. Verstanden!
Mit hängenden Schultern ging der eifrige Kommissar die Brücke

absperren. Schaulustige gab es
bereits genug.
Weigler fuchtelte mit den Armen, als
wollte er lästige Mücken
verscheuchen.
„Bitte machen sie Platz – hier gibt
es nichts zu sehen – treten sie bitte
hinter das Absperrband – die Brücke
wird vorübergehend geschlossen".

Maja, Tina, Gernot und die
Kommissarin gingen gemeinsam in das
Partyzelt. Dort setzten sie sich auf
eine Bank und schwiegen eine Weile.
Ein bleicher Kellner der den Aufruhr
mitbekommen hatte, versuchte die
letzten Gläser zu spülen und weg zu
räumen.

Schrecklich was passiert ist, entfuhr
es Tina.
Das schlimmste daran ist, das Chantal
zwar sehr eigen war – aber auch eine
Freundin.
Elena Vilija konnte es noch immer
nicht fassen. Gestern Abend war alles
noch in Ordnung. Sie hatte sich nur
etwas über sie – dabei zeigte sie mit
ihrem spitzen Finger auf Gernot –
geärgert. Sie waren auf einmal
spurlos verschwunden.

Wissen sie Herr Metzer Chantal
träumte auch einem etwas mit ihren
Händen anfertigen zu können. Sie
hatte eigentlich kein Talent dafür.
Ihr Talent bestand darin, Menschen
für Partys zu begeistern oder Geld
für Hilfsprojekte zu sammeln. Das
konnte sie ausgezeichnet. Den
verwöhnten Snob hat sie nur gespielt.
Das denke ich jedenfalls.

Maja hüstelte als die
Gerichtsmedizinerin das Zelt betrat.

Frau Doktor Kanter, was können sie
uns sagen? fragte Vilija
Kanter strick sich nachdenklich über
die Wangen.
„Sie wurde aus nächster Nähe
erschossen". Genau über dem Ohr in
die Kugel eingedrungen, ein sehr
kleines Klaiber. Welches genau, kann
ich erst später sagen. Eins steht
fest, der Revolver wurde sehr nahe an
ihren Kopf gehalten, sehen sie hier –
dabei zeigte sie an ihren eigenen
Kopf zur Demonstration die Stelle an
der die Schusswunde bei Chantal lag.
Die Haut an dieser Stelle wurde bei
dem Opfer versengt".

Sie muss noch etwas getrunken haben,
denn unter dem Leichnam haben wir
gerade noch einige winzige Scherben
eines Sektglases gefunden.
Was ohne Zweifel feststehen dürfte,
sie hatte ihren Mörder gekannt, oder
sie hatte keine Angst vor ihm.

Kommissarin Vilija dachte nach.
Der Mörder hat sich also die
Dunkelheit zunutze gemacht und sie
erschossen. Wenn sie Scherben eines
Glases gefunden haben, musste sie den
Täter gekannt haben. Chantal spaziert
nicht so einfach von der Party um mit
einem Fremden in der Dunkelheit ein
Glas zu trinken.

Wem gehört diese Pistole? Und wo ist
sie jetzt?

Weigler betrat das Zelt und stiess
ein zufriedenes Grunzen aus.
Alles erledigt.
Der Bestatter ist auch gerade
vorgefahren. Sie packen gerade die
Leiche zusammen…
„Weigler"! wann lernen sie es
endlich.
Ähm… die beiden Herren vom
Bestattungsunternehmen überführen den

Leichnam jetzt in die Pathologie zu weiteren Untersuchungen.
Die Angehörigen werde ich dann jetzt verständigen Frau Kommissarin.
Nein, Weigler das übernehme ich selbst.
„Danke".
Sie fahren jetzt mit den drei Herrschaften aufs Revier und nehmen die Aussagen auf. Danach fahren sie Herrn Metzer, seine Assistentin und Fräulein Deetz zurück.

„Ist das verstanden worden"? fragte sie scharf.
Kommissar Weigler wollte noch etwas sagen, doch Vilija schnitt ihm mit einer energischen Geste das Wort ab.
Sie haben zu tun und ich auch.
Wir sehen uns noch einmal später, dabei nickte sie Metzer, Maja und Tina zu.

Kommissar Weigler war kein Schwätzer. Stumm folgte er Maja, Tina und Gernot zu seinem Dienstwagen. Gernot setzte sich auf den Beifahrerplatz und die beiden jungen Frauen auf die hinteren Sitzplätze.
„Wie aus einer Laune heraus, fragte Weigler soll ich auch noch das

Martinshorn für die Herrschaften anstellen"!

Gernot grinste ihn frech.
„Ach, wenn ihnen das nichts weiter ausmacht – gern"!

Ich wollte schon als kleiner Bub in so einem Wagen mal mitfahren. Aber meine Mutter hatte mir erklärt das das nicht ginge, es sei denn ich würde etwas Unrechtes tun.
„Naja… ich war eben ein braver Bub"!
Er grinste den Kommissar noch immer breit an.
Kommissar Weigler seufzte nur. Dann liess er den Motor an.

23

„Willst du mich nicht hereinbitten"?
fragte Paul leise.
„Das scheint mir keine besonders gute
Idee zu sein", flüsterte Maja. Paul
war zu ihr gekommen und stand nun an
der Eingangstür zu ihrer
Ferienwohnung.

„Paul, weisst du eigentlich wie spät
es ist"?

„Spielt das denn heute eine Rolle"?
Elena war bei mir in der Praxis und
hat… er stockte… sie hat mir von…
wieder stockte er.

„Es tut mir so leid, Paul". Es ist
beinahe zwei Uhr morgens. „Vielleicht
sollten wir es für heute sein
lassen".
Tina schläft schon. Es war ein langer
Tag und ein hässlicher dazu.
Paul es tut mir leid.
Wie bist du eigentlich hier herein
gekommen? Maja sah ihn in seine
tiefblauen Augen.

Die Tür unten war nur angelehnt. Ganz schön leichtsinnig nach so einem Tag. Ich kann es noch immer nicht glauben. Auch wenn Chantal manchmal eine kleine Hexe war, war sie doch meine Frau. Wer hat sie denn so gehasst? fragte er Maja

Maja hatte nichts gehört. Als sie zu ihrer Überraschung Selma Domhof die Stufen herauf kommen sah. Selma sollte bei ihrer Mutter sein und bereits schlafen.
Hallo, Maja. Ich habe noch Stimmen gehört.
Geht es meiner Mutter nicht gut? fragte Maja verwundert.
Ja, sicher geht es ihr gut. Sie schläft tief und fest. Wir hatten einen schönen Tag, was man von ihnen nicht sagen kann. Oder?
Maja nickte. Gute Nacht Selma.

Tina kam schlaftrunken an die Tür.
Was ist denn hier los?
Versammlung oder Streik?
Tina das ist nicht komisch, geh wieder schlafen, sagte sie leise zu ihrer Freundin.
Die tapste aber in ihrem gestreiften Schlafanzug in Richtung Küche.

Noch jemand einen heissen Kakao?
fragte sie.

Als Maja und Paul die kleine Wohnung
betraten, betrachtete Maja neugierig
Paul.
Kakao? ertönte wieder Tinas Stimme
aus der Küche
Im Zimmer lagen verstreut einige
Fotografien. Tina hatte gearbeitet
und ihre Fotos nun der Reihe nach auf
dem Boden ausgebreitet.
Paul sah sich die umherliegenden
Fotos neugierig an.
Sieht so aus, als hättest du einen
Bewunderer gefunden, Tina.
„Wird er auch bereit sein Geld für
unser Buch auszugeben"?
Euer Buch…? Paul musterte die beiden
Frauen.
Er zog eine Augenbraue hoch.
Ja, unser Buch.
Gernot, ich und Tina werden demnächst
ein Buch veröffentlichen. Ich glaube
aber kaum, das du zu unserer
Zielgruppe gehörst.
Maja wandte ihr Gesicht ab, damit er
ihre Augen nicht sehen konnte. Ich
habe zurzeit alles, was ich mir
wünsche.

Tina hüstelte leicht und blies in ihren heissen Kakao. Ich geh mal wieder schlafen. Und tut nichts was ich nicht auch tun würde, rief sie beiden noch zu.

Was habe ich damals falsch gemacht? „Bitte Paul, lass die Vergangenheit ruhen. Es würde unsere Freundschaft die wir jetzt haben zerstören".

Er zögerte einen Augenblick lang. „Entschuldige bitte, ich wollte dir nicht zu nahe treten". Ganz im Gegenteil. Ich weiss gerade nicht was ich tun soll. Das Haus ist so kalt und leer. Chantal war eine schöne Frau, aber auch eine sehr eigensinnige.

Paul berührte sie an der Schulter. Seine Berührung war leicht, aber sie löste ein beunruhigendes Prickeln bei Maja aus. Sie versuchte ihre Stimme unbefangen klingen zu lassen. „Das kann ich verstehen. Es hängen Erinnerungen an dem Haus".

Kann ich dich morgen sehen? Morgen? Ich hatte vor, die Vorbereitungen für Gernot zu erledigen. Wir haben auf der Insel nicht allzu viel Zeit. Ich habe hier einen Job, falls du das Vergessen hast.

Maja überlegte.

Alles zu seiner Zeit. Wir können uns am späten Nachmittag treffen.

Bildete sie sich das nur ein, oder verstärkte sich der Druck seiner Hände auf ihrer Schulter? Seine Nähe beunruhigte sie immer mehr.

Ich ruf dich an!

Maja errötete leicht. Sie wollte diese Zugeständnisse nicht machen. Sie wollte mit Paul nicht allein sein, ging es ihr durch den Kopf.

„Gute Nacht", sagte er schliesslich. Maja wusste, er würde sie küssen und er tat es auch. Wieder empfand sie die gleiche heftige Erregung wie bei ihrem letzten Mal vor vielen Jahren. Zuerst war es ein fester, hungriger Kuss der sich in einen zärtlichen und liebevollen verwandelte. So federleicht strich er mit seiner Zungenspitze über ihre leichtgeöffneten Lippen.

„Es ist wohl besser, ich gehe jetzt" flüsterte Paul jetzt rau.

„Ja, ich glaube auch". Es klang etwas enttäuscht, doch sie konnte es nicht verhindern.

Paul bemerkte es. „Wir könnten auch noch etwas zusammen sitzen und"… weiter kam er nicht.

„Soll das jetzt ein lasterhaftes Angebot werden"? versuchte Maja die Situation etwas zu entschärfen.
„Nein, ein wahrhaft ehrliches und sehr ernstgemeintes, wenn du mich ausreden liessest".
Aber als Maja sich von Paul löste, liess er es widerspruchslos geschehen.
„Bis morgen dann"!

Pauls Worte klangen Maja noch in den Ohren, nachdem er gegangen war. Maja stellte sich kurz unter die Dusche und schlüpfte in ihr seidenes blaues Nachthemd. Versonnen glitt sie über den feinen Stoff, bevor sie die Blicke ihrer Freundin bemerkte.

So so ein Freund, lächelte sie. Das was ich eben unfreiwillig gesehen habe, sah aber nicht nach Freundschaft aus.

Ach halt doch mal den Mund Tina. Ich weiss doch auch nicht, was mit mir los ist.
Eigentlich ist es traurig das Chantal so enden musste, aber mein Herz ist es nicht.

„Du liebst ihn noch immer", stellte Tina nüchtern fest. Komm geh schlafen. Der Morgen ist klüger als der Abend. Sie gähnte herzhaft und kuschelte sich in ihre weiche Daunendecke ein. Wenig später schliefen beiden.

24

Am folgenden Morgen blieb Maja nach dem Erwachen noch ein wenig länger im Bett liegen. Sie dachte an den gestrigen Tag und fragte sich, was an diesem Tag auf sie zukommen würde.
Da öffnete sich die Tür zu ihrem gemeinsamen Schlafzimmer.
„Maja, bist du schon wach"?
Tina schob ihren Kopf durch den Türspalt. Sie trug heute einen Trägerrock mit roten Schmetterlingen und einer weissen Bluse darunter.
„Spielst du heute Schulmädchen"? fragte Maja sie salopp
Das Frühstück ist fertig. Gernot ist etwas grummelig heute. Der gestrige Tag ist ihm nicht gut bekommen.
Kommst du nach unten. Wir warten auf dich.
Wem ist der schon gut bekommen, fragte Maja ihre Freundin.
Am schlechtesten traf es Chantal.
Chantal… sofort hatte Maja dieses schreckliche Bild wieder im Kopf. Sie musste der Sache nachgehen. Als erstes würde sie die Kommissarin

anrufen, ob sie schon etwas
herausgefunden hatte.
Maja wusch sich schnell, zog Jeans,
T-Shirt und ihre Sandalen an. Sie
machte sich auf den Weg zu den
anderen. Der Duft von frischen Kaffee
zog sie magisch an. Als sie die
Terrasse betrat, stellte Jacob gerade
die Eierbecher auf den Tisch.
Fleissig fleissig… junger Mann. Das
kennt man sonst nicht von dir! Jacob
pfiff durch seine Zähne und
verschwand um die restlichen Teller
zu holen.
Es läutete… kommen sie herein… wir
sind auf der Terrasse.
Paul!
Frau Kommissarin!
Er lächelte sie an und schien
offensichtlich zu geniessen, das sie
ihn mit grossen Augen ansah.
„Was tust du denn hier"? fragte Maja
ihn, nach dem sie sich von dem Schock
erholt hatte.
Elena meinte es wäre gut, wenn wir
gemeinsam über das Erlebte sprechen
würden.
Möchten sie auch eine Tasse Kaffee
fragte Agathe beide.
Ja, sehr gern – wenn es keine
Umstände macht.

Jacob kam aus der Küche und hatte die beiden zusätzlichen Kaffeetassen schon in der Hand.

Paul erzählte mir, begann die Kommissarin – das er gestern Abend noch bei ihnen war.
Ja, das stimmt.
„Es war meine Idee" erklärte Elena Vilija, heute Morgen bei ihnen zu erscheinen.
Das macht die Sache vielleicht etwas ungezwungener.

„Wie kann der Tod eines Menschen die Sache ungezwungener machen? fragte nun Gernot. Schlimm genug das es genau zu dem Zeitpunkt passieren musste, als wir dort waren.
Eigentlich wollten wir arbeiten. Ich habe in einigen Wochen eine Messe und mein Galerist wird höchst ungehalten sein, wenn ich nicht liefere. Er schnaubte.

Sie hörten schweigend und aufmerksam zu, während Elena Vilija den Bericht der Pathologin zitierte.
„Dann ist doch alles klar", sagte Jacob, als die Kommissarin geendet hatte.

Frau Carstens hat von irgendeinem durchgeknallten Penner eine Kugel ins Hirn geschossen bekommen. Der wollte an ihren Schmuck ran, ganz klar. Sie war auch behangen wie ein beleuchteter Weihnachtsbaum.
Jacob… sagte Maja streng.
Oh, sorry… Herr Carstens mein Beileid, ist mir so rausgerutscht.
Paul seufzte, du hast ja recht. Sie hat ihren Schmuck jeden präsentiert.
Sag ich doch, erwiderte Jacob.

Elena Vilija schüttelte den Kopf.
Nein…ihren Schmuck haben wir gefunden. Sie trug an diesem Abend nur ihr Collier.
„Was ist mit ihrem jungen Begleiter von vor zwei Tagen auf dem Schiff"? wollte Tina jetzt wissen.
„Der Junge hat sich in Wut geredet, wobei der Alkohol den er in sich hinein gekippt hat sein Hirn vernebelt hat.
Dann hat er einen Revolver gestern Abend gezogen und auf Chantal geschossen, anschliessend ging er zur Party zurück".
Elena Vilija schüttelte den Kopf.
„Nein, das glaube ich einfach nicht. Ich halte es sogar für ganz unmöglich

das Rudolfo Adamski auf Chantal geschossen hat. Das wäre der reinste Wahnsinn und sein Aus in der Branche".

Der Ruf eines Rechtsanwaltes ist schnell zerstört, gerade auf so einer kleinen Insel wie Rügen.

Ausserdem kenne ich Rudolfo schon etwas länger.

„Nein vollkommen unmöglich"!

„Nicht unbedingt Frau Kommissarin, mischte sich jetzt Tina ein. Wenn Adamski so eifersüchtig gewesen wäre, wollte er vielleicht die Spur auf einen anderen lenken".

Nein, Fräulein Deetz… das ist ausgeschlossen. Adamski ist… na wie soll ich sagen… er mag eher Männer.

„Was für eine Verschwendung, rief Tina aus".

Was ist mit der Kellnerin und dem Kellner? Chantal hat diese beiden für den Abend engagiert.

Paul schüttelte den Kopf. Die beiden sind bei uns im Hause angestellt. Für Max und Tanja lege ich meine Hand ins Feuer.

Elena Vilija nickte.

Maja fragt: Wer war es dann?

„Die anderen Gäste schienen Chantal gut zu kennen und von uns dreien war es auch keiner"!
Ganz sicher Maja… Jacob knuffte ihr in die Seite.
„Verflixter Bengel" fauchte Maja ihn an, „das ist kein Spiel".
Tina und Maja sahen sich an.
„Nun, Frau Kommissarin? sagten sie.
„Was gedenken sie zu tun"?
Elena Vilija nahm ihre Tasse und trank einen Schluck Kaffee. Ich werde den Beweisen folgen und noch einmal an den Ort des Verbrechens gehen. Vielleicht haben wir etwas übersehen! Habt ihr irgendwelche Idee?
So einen Fall hatte ich noch nie.
Ich wäre froh über jede Hilfe.
 „Wenn ich nicht mit der Lösung des Falls vorankomme, muss ich die Kollegen im Hauptquartier benachrichtigen und dann übernehmen die". Das könnte dem Ort schaden.
Sellin hat nur ungefähr zweitausendvierhundertfünfzig Einwohner, da ist schnell Schaden entstanden.
Alle nickten.
Agathe sagte gerade leise: „Oh wie schrecklich! Die arme Frau! So eine schöne Frau, mit so viel Eleganz und

Selbstvertrauen! Der Mörder muss ein wahrer Teufel sein! Und der arme Mann, so ein Verlust"!

Paul stand von seinem Stuhl auf und trat zu Majas Mutter. Frau Fahrtmann geht es ihnen gut. Machen sie sich keine Sorgen. Was halten sie davon, wenn ich sie jetzt entführe und wir zwei einen schönen langen Spaziergang machen.
Paul sah über seine Schulter. Maja nickte und lächelte ihn dankbar an.

Agathe Fahrtmann hackte sich bei Paul unter und beide verliessen über die Grüne Wiese die Terrasse.
Leise flüsterte Tina Maja ins Ohr: „Er ist doch wirklich ein richtiger Schatz, meinst du nicht auch".
Eigentlich müsste am Boden zerstört sein. Doch er macht sich Sorgen um deine Mutter und blendet alles andere aus.
Sie nickte nur abwesend.
Zurück blieben Gernot, Selma, Maja, Tina, Jacob und Elena Vilija. Was haben sie eigentlich in der Zeit getan Frau Domhof? Die Frage von der Kommissarin traf Selma unerwartet.

Ich habe ein Buch gelesen und dann bin ich zu Bett gegangen. Und ihre Patientin, wo war die… fragte sie weiter.

Wo soll Frau Fahrtmann schon gewesen sein. Sie hat am Abend mit mir gemeinsam das Abendessen eingenommen und dann hat sie eine Stunde auf dem Balkon verbracht. Die Luft tut ihr gut. Ich habe sie auch mit Herrn Metzer kurz reden hören. Der Balkon – sie zeigte auf den gegenüberliegenden Balkon – ist recht nah.

Kommissarin Vilija sah zu Gernot. Ja, das stimmt – muss so ungefähr gegen zehn gewesen sein. Wir waren da schon von dieser vermaledeiten Party zurück. Ich will ja nicht schlechtes über Verstorbene sagen, aber die Dame hatte ein sehr einnehmendes Wesen.

Elena Vilija lächelte. Ja da haben sie vollkommen recht Herr Metzer. So war sie. Ein absolutes Original in ihrer ganz eigenen Art.

Was hat Frau Fahrtmann danach gemacht?

Die Kommissarin wandte sich wieder Selma zu.

Ich habe sie danach ins Bad geführt und danach ist sie mit ihrem Stickkorb im Bett verschwunden. Sie liebt es noch etwas Handarbeit am Abend zu machen. Auch wenn ich es nicht gut finde, mit einer spitzen Nadel im Bett zu arbeiten.

Ich werde zwei Taucher anfordern um den Boden der Ostsee an dieser Stella absuchen zu lassen.
Der Revolver muss doch aufzufinden sein. Wenn wir die Tatwaffe haben, ist es nur noch eine Frage der Zeit, bis der Täter gefunden ist.
Tina nickte gedankenvoll.
Elena wandte sich an Gernot. Haben sie gestern Abend irgendetwas Ungewöhnliches beobachtet? Nein, das ungewöhnlichste war, dass Frau Carstens mich an der Taucherglocke erwischt hat und mich zu der Party geschleift hat. Ich habe in meiner männlichen Not, Tina um Hilfe gebeten. Aber an der Party kam sie dann auch nicht vorbei. Ich wollte Tina und Maja die Tauchglocke zeigen, was ich dann später auch getan habe. Leider war es dann bereits zu dunkel um wirklich etwas zu sehen. Deshalb beschloss ich, ganz früh am Morgen mit beiden noch einmal dort hinzugehen. Und dann… den Rest der Geschichte kenne sie.

Wie spät war es da ungefähr?
„Das weiss ich nicht mehr. Vielleicht
halb neun, neun. Jedenfalls gegen
zehn hab ich mich schon mit Frau
Fahrtmann unterhalten. Tina und Maja
sind in ihre Wohnung gegangen. Was
die beiden dann da getrieben haben,
entzieht sich meiner Kenntnis"!
Soweit ich weiss, hat niemand einen
Schuss gehört.
Das wundert mich nicht Frau
Kommissarin. Haben sie die hohen
Wellen am Abend nicht bemerkt. Durch
das Aufpeitschen des Wassers war es
sicher unmöglich etwas zu hören.
Das könnte sein, bestätigte Elena
Tina.
Ok.. diese Frage, müssen wir später
klären, sagte sie.
Im Moment werde ich noch einmal an
den Tatort fahren.

Als sie die Seebrücke erreicht
hatten, hatte sich eine Schar von
Zuschauern versammelt.
Zwei Taucher die die Kommissarin
unterwegs mit ihrem Telefon
angefordert hatte, holten gerade
ihren Neoprenanzug aus dem
Kofferraum. Taucherbrille und
Sauerstoffflasche folgten.

Tina zitterte.

Der Morgen war frisch und immer noch von den Ereignissen des gestrigen Abends überschattet.

Die Kommissarin Elena Vilija sah den beiden Männer hinterher, die gerade ins Wasser tauchten.

Na jetzt bin ich mal gespannt, ob unsere Taucher die Pistole finden.

Es muss doch ein schrecklicher Schock für Paul gewesen sein, bemerkte Tina.

Maja dachte nach. Aber ich glaube nicht das er seine eigene Frau erschossen hat. Wenn sie sich nicht verstanden hätten, wäre eine Scheidung die einfachste Lösung gewesen.

Elena Vilija mischte sich nun ein. Paul kann es nicht gewesen sein. Er wurde an dem Abend noch zu einem Notfall gerufen.

Elena sah Maja von der Seite an. Er hat mir erzählt, das ihr euch von früher kennt.

Maja sah sie zweifelnd an.

Und was soll das jetzt heissen? knurrte sie die Kommissarin an.

Nichts weiter…

Wenn ich jetzt in ihre Augen sehe, sagen die mehr als Worte.

Was? Entfuhr es ihr

Leise flüsterte Tina Maja ins Ohr:
„nicht nur ich hab es gesehen"

25

Paul Carstens wurde gebeten auf dem Polizeirevier die persönlichen Sachen seiner Frau durchzusehen. Es fehlte nichts.

Elena sah Paul lange an.

Die Taucher haben nichts gefunden. Es gibt kein Anzeichen das Chantal einem Wahnsinnigen in die Hände gefallen ist. Auf der Party habe ich auch nichts Ungewöhnliches gesehen.

Auch die Aussagen der anderen Gäste ergaben keine Klärung. Jeder Gast auf der Party war eingeladen, bis auf Herrn Metzer den hatte Chantal sich wie Herr Metzer sich ausdrückte „geschnappt".

Danach kamen das Fräulein Deetz und Maja Fahrtmann hinzu. Aber die drei blieben nicht lange auf der Party.

Gegen zehn Uhr so die Zeugenaussagen, gab es ein hörbares Gespräch mit der Mutter von Maja Fahrtmann und Herrn Metzer.

„Du meinst sie wurden belauscht"? Belauscht oder rein zufällig mit angehört! sie zuckte mit den Achseln.

Fakt ist, das alles drei bereits wieder in der Concordia waren.
Ehrlich gesagt würde ich es niemanden von ihnen zutrauen. Sie leben für die Kunst. Fräulein Deetz ist Fotografin, ich habe ihre Fotografien gesehen – sehr aussergewöhnlich. Herr Metzer macht Installationen, Bilder und so ein Kram. Maja Fahrtmann ist immer an seiner Seite.
Künstler sind ja etwas verschroben – aber Mörder!
Die Geschichte die die drei mir zu Protokoll gegeben haben klingt überzeugend. Sie sind verständlicherweise alle nervös.
Dieser Jacob fällt auch aus dem Raster. Agathe Fahrtmann habe ich nicht mal befragt, da sie krank ist.
Paul nickte. Frau Fahrtmann ist krank – aber sie blüht jeden Tag mehr auf. Ihre Medikamente die ihr Hausarzt ihr verschrieben hat, wurden reduziert. Das Atmen fällt ihr auch leichter. Sie ist auf einen guten Weg der Erholung.
Elena Vilija trat hinter ihren Schreibtisch hervor. Es tut mir sehr leid Paul.

Wenn wir neue Hinweise haben, werde
ich dich informieren. Du kannst
nichts weiter tun, als abzuwarten.
Geh deinem gewohnten Alltag nach.
Arbeit lenkt ab. Deine Patienten
werden dir Halt geben.
Sie reichte ihm die Hand.

Als Paul schon auf haben Weg zur Tür
war, rief sie ihn zurück.
Paul…!
Er drehte sich um und sah sie an.
Maja Fahrtmann ist eine sehr nette
Frau. Ich bin nicht nur Kommissarin
in dem Fall, sondern auch eine
Freundin.
Elena gab ihm einen Kuss auf die
Wange.
Paul nickte ihr stumm zu und verliess
ihr Büro.

Auf der gegenüberliegenden
Strassenseite sass Agathe Fahrtmann
mit ihrer Begleiterin im Schatten
eines Baumes auf einer Bank.
Hallo… begrüsste er die beiden
Frauen.
Müssen sie auch auf die
Polizeistation?
Agathe nickte schwach.

Entschuldigen sie Herr Doktor ihr
geht es heute nicht so gut.
Selma war sehr besorgt um ihre
Patientin.
Würde es ihnen etwas ausmachen,
später noch einmal nach ihr zu
schauen. Sie brabbelt so merkwürdige
Sachen vor sich hin. Manchmal kann
ich sie kaum verstehen!
Ich komme am Nachmittag zu ihnen.
Gegen vier?
Grossartig Herr Doktor! Danke…
Selma und Agathe gingen über die
Strasse zum Polizeirevier.

26

„Ich glaube, wir haben heute an einem
Tag mehr erlebt als andere Leute in
einer ganzen Woche" meinte Maja, als
sie auf den Weg zu ihrer Mutter
waren.
War sehr aufschlussreich. Aber ich
hoffe Gernot hat dich nicht zu sehr
beansprucht.
„Nein, keineswegs. Es hat mir Spass
gemacht dem alten Mann
mit der Kamera zu folgen. Mir tun die
Hände etwas weh, aber das vergeht.
Also, kein Problem".
Sellin gefällt mir. Der lange
Fussmarsch hat uns allen gutgetan.
Gernot ist zum Schluss selbst ins
Schnaufen gekommen.
Meinst du wirklich, von diesem Baabe
fährt dieses Ostseebähnle Also Tina…
entfuhr es Maja.
Ich denke du hast so ein geschultes
Auge. Auf der Wilhelmstrasse fährt
doch so ein kleiner blauer Zug. Vor
zwei Tagen habe ich ihn genau vor dem
tollen Eisstand halten gesehen.
Tina schüttelte verwirrt den Kopf.

Maja war froh, die Ferienwohnung erreicht zu haben. Selma Domhof begrüsste sie mit ernster Miene.

Kommen sie der Doktor ist schon bei ihrer Mutter.

Der Doktor? Paul? Aber was ist denn los?

Das weiss ich nicht, entgegnete Selma. Sie benimmt sich seit einigen Tagen schon recht seltsam. An den Medikamenten von Doktor Taubert kann es nicht liegen. Diese Präparate nimmt ihre Mutter schon seit Jahre ein. Der Inselarzt hat die Medikation heruntergesetzt, vielleicht liegt es daran.

Selma sie meinen Paul Carstens?

Ja, sicher meine ich ihn. Wen denn sonst?

Ich fand es von Anfang an nicht richtig, das die Medikamente weniger dosiert wurden. Wir sehen ja wohin das führen kann. Nun kommen sie schon, ihre Mutter wartet.

„Mama… warum weinst du"? Maja war entsetzt als sie ihre Mutter wie ein Häufchen Elend auf dem Balkon sitzen sah.

Ihre Mutter schniefte…

„So ein hübsches Mädchen… eine Schande… so viel Eleganz… weg ist sie… einfach weg…

Ihre Augen füllten sich wieder mit Tränen. Nun bist nur noch du da… nur noch du…

Maja sah Paul entgeistert an. Was ist hier los? fragte sie scharf.

Selma hat mir erzählt das du die Medikation von Doktor Taubert herabgesetzt hast. Warum?

Meiner Mutter geht es schlecht, siehst du das nicht!

Maja war sehr aufgebracht und fuchtelte hilflos mit den Armen.

Am liebsten hätte sie Paul eine Ohrfeige gegeben.

Hier stimmt etwas ganz und gar nicht.

Paul räusperte sich. Maja, deine Mutter ist wie in Trance. Sowas habe ich in Kanada bei einigen Fixern erlebt, die zu viel Gras geraucht hatten.

Jetzt war es mit Majas Selbstbeherrschung zu Ende." Willst du mir damit sagen, dass meine Mutter kifft oder andere verbotene Dinge tut"?

Das glaube ich einfach nicht. Wie kannst du so etwas denken?

Selma sie waren doch jeden Tag bei meiner Mutter!
Sie sah jetzt Selma Domhof streng an.
Können sie mir das erklären?
Selma schluckte. So etwas ist mir in meiner beruflichen Laufbahn noch nicht passiert Fräulein Fahrtmann.
Ich habe mich an die Vorgaben von Doktor Taubert gehalten, bis Doktor Carstens die Medikation heruntersetze. Wir waren spazieren, haben uns die Gegend zusammen angesehen und den ein oder anderen Kaffee getrunken. Es gibt genügend kleine nette Cafés hier in Sellin.
Sonst haben wir nichts anderes getan.
Selma sah beleidigt auf ihre Armbanduhr. Es wäre jetzt Zeit für ihre Tablette.
Ich werde jetzt erst einmal das Blut von deiner Mutter untersuchen lassen.
Bis dahin werden ihr keine Medikamente mehr verabreicht. Er sah Selma an.
„Wenn sie das für das richtig halten, Herr Doktor"!
Ja, das ist in dem Augenblick das richtige.
Er nahm Maja beiseite und flüsterte ihr etwas ins Ohr.

Sie nickte nur und hockte sich wieder an die Seite ihrer Mutter. Mama wollen wir an den Strand gehen. Tina und ich haben heute eine schöne Stelle gesehen, wo ganz viele Schwäne, Möwen und Kormorane sich aufhielten.

Agathe Fahrtmann lächelte ihre Tochter an und nickte.

Paul runzelte nachdenklich die Stirn. Er beschrifte das Röhrchen mit Agathes Blut und steckte es in seine Arzttasche.

In zwei drei Tagen werden wir wissen, was deiner Mutter genau fehlt.

Maja nahm den Wagen um an die Stelle zu gelangen, die sie mit Gernot am Vormittag gesehen hatten.

Es flogen krächzend die Möwen über die jetzt stürmische Ostsee. Tina nahm den Arm von Agathe und führte sie an eine geschützte Stelle. Sehen sie doch mal Frau Fahrtmann.

„Ach Mädchen, sag doch Agathe zu mir" Tina zeigte in die Richtung der krächzenden Möwen. Wollen wir uns setzen. Der Sand ist noch ganz warm.

Maja, Tina und Agathe setzen sich in den warmen Ostseesand und streckten die Füsse von sich.

Herrlich… seufzte Tina. Sie versuchte
die Kormorane zu zählen. Man das
sind sicher dreissig von diesen
Vögeln. Wieso machen die eigentlich
nicht so einen Rabatz. Kein Ton war
von den Seevögeln zu hören.
Ich möchte mal wissen, was mit meiner
Mutter los ist. Sie hat doch ganz
klare Momente.
Wie friedlich doch die kleine Insel
im Sonnenschein liegt. Auch wenn der
Wind die Wellen ans Ufer treibt, so
wärmt die Sonne die drei Frauen noch
immer. Sie liessen sich den frischen
Ostseewind um die Nase wehen. Nach
den letzten beiden sehr aufregenden
Tagen können wir alle Ruhe
gebrauchen. Paul wird auch bald mit
der Rätsels Lösung warum es Agathe so
schlecht geht auftauchen.
Maja lächelte ihre Mutter an. Wann
haben wir es uns eigentlich das
letzte Mal derart gemütlich gemacht.
Wir sitzen in der warmen
Nachmittagssonne, kein Gernot der was
von mir will und meine beste Freundin
haben wir auch dabei, nicht wahr
Mama!
Jetzt fehlt nur noch der
Pizzalieferdienst und eine gute
Flasche Rotwein, gab Tina kess hinzu.

Hey… aber keine schlechte Idee.
Rotwein und Pizza am Strand von
Sellin. Wann hat man das schon!
Ihre Mutter seufzte.
Sie unterhielten sich noch lange am
Strand. Agathe beobachtete die
Mädchen aufmerksam, auch wenn sie
wenig sprach.
Ein Schleier legte sich manchmal über
ihre Gedanken. Es erschien ihr wirr,
es ergab keinen Sinn was sich dort in
ihrem Kopf abspielte. Sie hatte eine
Frau in einem langen schwarzen Mantel
vor zwei Tagen in ihr Zimmer
schleichen sehen. Der Mond stand
schon hoch am Himmel. Warum hatte
Selma diese Frau nicht gesehen und
gehört?
Hatte sie das alles nur geträumt und
hielt es jetzt für real!
Sie schüttelte den Kopf um diese
Gedanken zu vertreiben.
Mama… alles in Ordnung.
Ja, liebes alles in Ordnung, mir wird
kalt.

27

Gernot schien erleichtert zu sein, als Maja, Tina und Agathe die Ferienwohnung betraten.

„Ich habe mir schon Sorgen um euch gemacht" begrüsste er sie.

„Ich dachte es wäre euch etwas passiert"!

Wie kommst du denn darauf? fragte Tina und zwinkerte Agathe zu.

Aber sie liess sich darauf nicht ein.

„Mir ist kalt und ich bin hungrig".

Agathe benahm sich so als wäre nichts gewesen. Seit dem Gespräch am Strand hatte sie innerlich aufgetankt.

Tina, komm wir gehen was Essbares suchen. Jacob stand in der kleinen Küche und stand vor zwei grossen Einkauftüten. Er kratzte sich am Kopf, so als wüsste er nicht was er damit anfangen sollte.

Maja deutete auf die beiden Tüten, die vor Jacob standen.

„Grossartig". Da hast du ja mitgedacht junger Mann. Meine Mutter ist am Verhungern und wir könnten auch eine Kleinigkeit vertragen.

Wo ist Selma? fragte sie ihn.

Gernot kam in die Küche.

Wo ist Selma? richtete sie nun die Frage an ihren Boss.

Überall und nirgends… ich habe sie das letzte Mal bei Frühstück gesehen. Sie schein ein sehr scheues Reh zu sein, kicherte er.

„Alles in Ordnung Gernot? Muss ich mir Sorgen um dich machen"?

Ach das Leben ist doch schön, nicht wahr Kinder! er seufzte laut auf.

Ach herrje, deine Mutter wollte ein Glas Wasser, deshalb bin ich in die Küche gekommen. Tina reichte ihm ein Glas mit Wasser und der verschwand wieder.

Was war das denn? kicherte Tina.

Ich glaube ihn hat es erwischt.

Sei nicht albern, er ist viel zu alt um noch einmal Schmetterlinge im Bauch zu haben.

Na, du hast ja eine Ahnung Maja. Liebe ist zeitlos. Vertrau mir, er ist bis über beide Ohren in deine Mutter verknallt.

Maja war gerade dabei, die Lebensmittel auszupacken, unterbrach aber ihre Arbeit. „O nein, das glaub ich einfach nicht. Das kann nicht sein, Gernot und verliebt. In meine Mutter"?

Na, wir werden sehen…

Jetzt machen wir uns allen erst einmal etwas zum Abendessen. Und jeder packt mit an rief sie laut genug, das es auch Gernot und Agathe hören konnten.

„Tyrannin"! rief Jacob aus. Schlimmer als der Boss. Tja, Kleiner es sieht so aus als bliebt uns nichts anderes übrig, entgegnete Tina. Hol mal die Teller und Gläser!

„Halt, nur fünf" hielt Maja ihn zurück. Ich glaube Selma möchte heute keine Gesellschaft von uns haben. Gernot trat wieder in die Küche und griff nach dem Besteck. Er wirkte anders als sonst, unruhiger. Sollte Tina recht behalten. Als er wieder gegangen war, sagte sie zu den anderen: Gernot scheint wirklich wie verwandelt". Er hat auch so eine supertolle Idee. Tina hast du schon die Skizze von ihm gesehen, die er angefertigt hat.

Kopfschütteln…

Ich sage es dir, Agathe wird die Ursache sein, Schätzchen.

Jacob und Maja schnitten Gemüse für den Salat. Während Tina die Hühnchen würzte und scharf anbriet.

Jacob kannst du die Kartoffeln schälen? Maja sah ihn an. „Nimm den Kartoffelschäler dafür. Wenn du sie fertig geschält hast, kannst du sie ja in feine Scheiben schneiden".

Wir sind ein gutes Team, glaube ich. Nach einer Weile war der Salat fertig, das Hühnchen brutzelte auf dem Herz und die Kartoffelscheiben brieten in der grossen Pfanne.

Schade, das Jacob nur gekauften Kuchen mitgebracht hat. Den gibt es dann als Nachtisch, meinte Maja bedauernd.

Ist doch egal, Kuchen ist Kuchen… Jacob grinste sie an. Hauptsache er schmeckt mir. Dabei rieb er sich kräftig über seinen Bauch.

Ich habe eine Idee… ich habe vorgestern eine Packung Rahm gekauft. Den bräuchten wir nur noch zu schlagen und als Schlagsahne darüber geben.

„Wunderbar, das ist genau das richtige".

Da kamen Agathe und Gernot in die kleine Küche. Die Haare ihre Mutter standen heute etwas wirr von Kopf ab.

Hier riecht es aber köstlich. Der Tisch ist auch schon fertig gedeckt. Servietten fehlen nur noch.
Maja rannte schnell in ihre kleine Wohnung und sah in den Kühlschrank. Schnappte sie die Packung Rahm und lief wieder zurück.
Hier, wer will sie schlagen?
„Wen kam es wie aus einem Munde…"
Maja hielt die Packung hoch und zeigte darauf. Es wird nur das da geschlagen… Mädchen, Frauen und kleine Jungs sind tabu, dabei grinste sie frech.

Als die fünf am Esstisch sassen und assen, herrschte eine gelöste Stimmung. Trotz der ereignisreichen letzten Tage, liess sich keiner die gute Laune verderben. Das Essen schmeckte vorzüglich und alle unterhielten sich ungezwungen.
„Es hat wunderbar geschmeckt", sagte Agathe und schon den leeren Teller von sich.
Tina holte ihre Kamera hervor und suchte ein Foto. Sie hatte am Strand von Mutter und Tochter einige Fotos geschossen. Sie reichte Agathe die Kamera.

Agathes Augen füllten sich mit
Tränen, bei dem Anblick des Fotos.

Morgen würde ich gern einige Fotos
von Gernot bei der Arbeit machen.
Die Zeit rinnt dahin und bald müssen
wir heimfahren. Wir sind jetzt schon
zwei Wochen auf der Insel. Maja sagte
mir das es maximal vier Wochen sein
werden. Wenn ich in zwei Wochen noch
super gute Fotos schiessen will, muss
ich mich ran halten.
Das wäre super, rief Maja.
Jacob wie weit bist du mit den
Vorbereitungen des Treibholzes. Alles
gewaschen und poliert, wie befohlen…
Kindskopf, sagte Maja.
Gernot hast du auch schon etwas
vorbereitet?
„Zum Teil. Natürlich muss ich noch
einiges überarbeiten. Die Skizzen
müssen in Originale verwandelt
werden. Das kann ich aber erst wieder
im Atelier machen. Hier habe ich erst
einmal zwanzig Skizzen gezeichnet.
Darf ich sie einmal sehen.
Hol sie dir selbst.
Maja ging zu dem überfüllten Tisch in
der Ecke und kramte nach den Skizzen.
Auf der ersten Skizze hatte Gernot
den Leuchtturm von Kap Arkona

festgehalten, davor erblühten die Milchdistel. Später in Farbe würde das einen schönen Kontrakt in den Farben bilden.

Der backsteinfarbene Leuchtturm mit den violetten Milchdisteln davor.

Maja nahm sich die zweite Skizze zur Hand.

Ähm… Natur? Sie drehte die Skizze zu Gernot, der errötete leicht. „Schau mal Mama, er hat dich gezeichnet".

Agathe nahm die Skizze in die Hand und sah sie intensiv an. „Schön, so sehe ich aus"!

Noch viel schöner, flüsterte Gernot ich ins Ohr.

Eine weitere Skizze kam zum Vorschein. Gernot musste irgendwo am Strand gesessen haben um dieses Motiv einzufangen. Es zeigte zwei Zehen am unteren Bildrand, sie schienen mit dem Ostseesand verwurzelt zu sein, einige Gräser, die Ostsee und eine Seitenansicht der Seebrücke mit ihrem hübschen Restaurant.

Grossartig Gernot! lobte sie ihn. „Ich stell mir das grossartig vor. Was hast du für eine Vorstellung in der Bildgrösse? Ich hatte an die hunderter gedacht".

„Perfekt"! entfuhr es ihr.

Tina schaute beide verständnislos an.
Von was redet ihr zwei eigentlich?
Entschuldige, hunderter heisst das
das Bildformat mindestens hundert
Zentimeter sein soll. Als Achtzig auf
Hundert oder Hundert auf
Hundertzwanzig – eben ein
Grossformat.
Künstler? entfuhr es ihr.
Wir haben keine Wochen geschweige
denn Monate Zeit um uns auf die Messe
vorzubereiten, erwiderte sie.
Dein… also unser Fotobuch muss auch
kurz nach der Messe fertig sein. Noch
besser wäre es wenn es zur Messe
fertig wäre.
Du meinst ich soll die Fotos mit
Beschriftung und allem Pipapo in
weniger als zwei Monate fertig
stellen. Ja… ich sehe da kein Problem
darin. Die Messe ist im Oktober in
Köln, bis dahin müssen alle Projekte,
Objekte und Bilder stehen. Gernots
Galerist verlässt sich auf ihn.
Uff… entfuhr es Tina. Na du hast ja
Neuigkeiten für mich.
Ich dachte du wüsstest das.
Ich habe eine Mail von Klaus
bekommen.

Wer ist Klaus? fragte Tina unsicher. Ich glaube ich will das gar nicht wissen.

„Solltest du aber", lächelte Maja. Klaus ist ein gutmütiger immer frohgelaunter Galerist, der schon seit Jahren mit Gernot zusammen arbeitet.

Wie gesagt - in der Mail hat er den Vorschlag gemacht, da er mit einem seiner Fotokünstler auf die Messe „Paris Photo" eingeladen wurde, dich auch mitzunehmen.

Wie jetzt…? aus Tina wich alle Farbe. Naja, ich würde sagen er wählt einige Arbeiten aus dem Buch aus und du musst sie in einem bestimmten Format herstellen. Die Fotos müssen allerdings alle einheitlich gerahmt sein. Das übernimmt aber Klaus in den meisten Fällen.

„In den meisten Fällen…." wiederholte Tina.

Wann ist diese Messe? Ich ahne es schon…

Die Messe „Paris Photo" ist im darauffolgenden Monat. Du hättest genügend Zeit um deine Fotos sorgsam

mit Klaus auszusuchen und zu
erstellen.
„Nein, Nein, Nein…. das geht mir
alles zu schnell".
Maja sah Tina ernst an. Was geht zu
schnell?
„Jetzt hörst du mir mal gut zu. Wie
alt bist du jetzt? Mit dreissig
Jahren sind andere Fotokünstler schon
verbraucht und haben keine Ideen
mehr. Ich verfolge deine Arbeiten
seit Jahren schon. Und du bist gut.
Was sag ich da, du bist grossartig"!
Ein Nein akzeptieren wir nicht.
Sie sah zu Gernot und Jacob.
„Das ist beschlossene Sache
Schätzchen, warf Gernot ein. Aus der
Nummer kommst du nicht mehr raus.
Hätten wir dich vorher in die Pläne
von Klaus eingeweiht, hättest du nie
eingewilligt mit nach Rügen zu
kommen. Ich habe doch recht, oder"?
Tina sah auf ihre Hände, die im
Schoss lagen.
Da habt ihr wahrscheinlich recht. Das
ist für mich eine Nummer zu gross.
Nur Mut Tina… Agathe nickte ich
aufmunternd zu. Der Mensch wächst mit
seinen Aufgaben.

Klaus schrieb auch in seiner Mail an mich, wenn die Verkaufszahlen für das Fotobuch ansteigen, würde der Verleger weitere Werbegelder für Bücher von dir zur Verfügung stellen. Aber das ist noch Zukunftsmusik. Jetzt müssen wir uns auf das jetzige Projekt konzentrieren.
Tina gab klein bei. „Auf jeden Fall werde ich es versuchen.
Eine grössere Aufgabe hättet ihr mir gar nicht übertragen können".
Wir werden morgen an unsere Installation weiter bauen. Das vorbereitete Schwemmholz wird in sechs Tagen von einer Transportfirma abgeholt und auf einen LKW geladen. Das habe ich auch schon organisiert. Der LKW startet mit uns zusammen in Richtung Heimat und lädt vor Ort die Sachen ab.

Möchte noch jemand einen Kaffee bevor wir alle schlafen gehen? wechselte Tina das Thema.
„Lenk nicht vom Thema ab"!

Aber Tina lächelte ihre Freundin nur verschmitzt an.

28

Am Donnerstagnachmittag rief Paul aus
seiner Praxis aus an. Maja war froh
seine Stimme zu hören. Sie hatte auf
den Anruf gewartet.
Wieso bist du denn in deiner Praxis?
Du hättest doch auch persönlich bei
uns vorbei kommen können.
Ich habe gleich noch zwei Patienten
und ich wollte dir den Befund von der
Blutuntersuchung schon einmal
telefonisch mitteilen. Es tut mir
leid, dir das sagen zu müssen aber es
wurde eine giftige Substanz im Blut
von deiner Mutter gefunden.
„Ich versteh nicht ganz genau was du
mir sagen willst"!
Deine Mutter hat von irgendeiner
Person blauen Lotus verabreicht
bekommen.
„Blauer Lotus" noch nie gehört.
Ist auch recht selten bei uns.
Der blaue Lotus ist eigentlich eine
Seerosenart. Hier eher sehr untypisch
und bei uns auf der Insel ist er mir
noch nie untergekommen. Ursprünglich
stammt die Pflanze aus Ägypten. Die
Pflanze ist recht vielseitig, muss
ich sagen.

Wie jetzt? fragte Maja Paul verwirrt.
Naja… wie soll ich sagen, der blaue
Lotus hat bei Einnahme eine
hypnotische Wirkung. Das ist nur
einer der Bereiche, er kann auch
euphorisierend sein, man kann aber
auch einen Menschen damit sedieren
und es können Halluzinationen
auftreten.
Wie bei meiner Mutter? Maja war
sprachlos
Genau Maja, wie bei deiner Mutter.
Fällt dir eine Person ein, die deiner
Mutter das Kraut verabreichen könnte.
Ich muss den Befund beim
Gesundheitsamt melden und die
benachrichtigen die Polizei.
Ja… mach das mal.
Maja.. bist du noch dran?
Ich komme später zu dir und zu deiner
Mutter. Schau bitte das sie nur
frische Lebensmittel zu sich nimmt.
Keine Tees oder irgendwelche
Tabletten die nicht von mir oder
Doktor Taubert verschrieben wurden –
hörst du mich.
„Ja… ist gut. Mach ich".
Maja war mit ihren Gedanken ganz weit
entfernt.
Wer?
„Tina" – nein das glaub ich nicht.

„Gernot" – der kann es auch nicht sein, der hat sich in sie verliebt. Sie kannte ihn schon zu lange um das sie ihn solche eine Tat zutrauen würde.

„Jacob" – der war noch ein halbes Kind…

„Selma" – was wusste sie über Selma. Eigentlich nicht allzu viel. Selma war eine entfernte Verwandte von dem Hausarzt ihrer Mutter. Doktor Taubert hatte sie ihnen ans Herz gelegt. Bisher gab es auch keine Klagen über Selma. In den letzten Tagen war sie etwas Wortkarg gewesen. Sie zog sich auch immer mehr zurück. Nach dem Abendessen entschuldigte sie sich regelmässig wegen bestehender Kopfschmerzen. Sie ging zeitig zu Bett. Wenn Maja ihre Mutter in ihre kleine Ferienwohnung brachte, die sie mit Selma teilte – schlief diese immer schon.

Ihre Mutter war jetzt die meiste Zeit mit ihr oder Gernot zusammen. Sie störte niemanden bei der Arbeit. Nein im Gegenteil, es gab manchmal sogar gute Einwände warum man an einer Sache etwas ändern sollte. Sie hatte ein gutes Auge für Details.

Ihre schlechten Momente waren in letzter Zeit nicht mehr ganz so stark gewesen.
Lag es vielleicht daran, dass sie weniger in der Gesellschaft von Selma war?
Ich muss mit ihr reden. Es wird sich alles aufklären.
Da kam ihr ein Gedanke. Gab es einen Zusammenhang zwischen ihrer Mutter und Chantal.

Es klopfte an ihrer Tür.
Gernot, trat ein, er hielt ihr eine dampfende Tasse Tee unter die Nase.
„Ich habe da was für dich", sagte er.
Der Tee verbreitete einen Duft nach frischen Erdbeeren.
Maja nahm die Tasse und schnupperte daran. Sie warf ihm einen leicht verzweifelten Blick zu.
„Mädchen, was ist los"!
Ich weiss es selbst nicht genau.
Paul…

Paul? unterbrach er sie.

Ich meine Doktor Carstens. Er hat mich soeben angerufen und mir die Ergebnisse der Blutuntersuchung meiner Mutter durchgegeben.

Nach seiner Meinung hat jemand blauen
Lotos einer Mutter eingeflösst.
Das ist nicht sein Ernst. Wenn ich im
Biologieunterricht nicht ganz versagt
habe, ist die Pflanze doch giftig.
Die wächst doch in unseren
Breitengraden gar nicht.
Ja… genau das hat auch der Doktor
vorhin am Telefon zu mir gesagt.
„Was läuft da eigentlich zwischen
Euch"? Gernot sah sie interessiert
an.

Dir kann ich nichts vormachen, genau
wie Tina. Meine Mutter hat mich auch
schon darauf angesprochen.
Ich kenne Paul noch von früher….

… lass mich raten, du warst in ihn
verliebt.

Maja nickte nur.

„Ach Mädchen"! Und jetzt noch dieser
Schlamassel mit seiner Ehefrau.
Wo sind wir hier nur hingeraten. Ich
wollte doch nur in Ruhe neue Ideen
sammeln. Gernot schnaubte. Trink
deinen Tee, dann sieht die Welt schon
etwas freundlicher aus.

Wie weit bis du eigentlich mit der Skizze? Wir müssen den Prototyp für die Installation fertig haben, bevor wir von der Insel wieder verschwinden.
Gernot, es ist alles in Arbeit. Glaub mir.

Aber jetzt habe ich auch mal eine Frage. Ich beobachte dich schon seit wir hier auf Rügen sind. Du hast dich verändert. Bist nicht mehr so brummig. Du bist sogar nett zu deinen Mitmenschen. Vor einigen Tagen warst du noch „mein" brummiger Boss und jetzt schau dich heute an. Du achtest auf dein Äusseres. Deine Haare stehen nicht mehr in alle Himmelrichtungen ab und sogar blank geputzte Schuhe sehe ich an dir.
Dabei zeigte Maja auf seine roten Lackschuhe, von denen er sich nicht trennen konnte.

Ich dachte ja erst Tina spinnt, als sie mir auch ihre Beobachtungen beschrieb.

Ja und ganz besonders nett scheinst du zu meiner Mutter zu sein.

Gernot sah zu Boden.

„Wäre es dir unangenehm wenn ich mich um deine Mutter bemühen würde"?

„Du bist und bleibst der Gernot den ich kenne"!

Maja fing an zu lachen. Hab ein Auge auf sie. Von mir aus hab auch zwei Augen auf sie. Ihr beide seit erwachsen und braucht meine Zustimmung nicht. Das wichtigste ist doch, das ihr beide es wollt. Ich fände es sehr schön, wenn Glück wieder ins Haus der Fahrtmanns einziehen würde. Dabei lächelte sie versonnen.

Du meinst aber jetzt nicht nur Agathe, oder! Gernot sah sie neugierig an.

Wer weiss! sagte Maja ausweichen.

29

Tina sah Maja etwas zweifelnd an. Sie hatte ihre Freundin sehr gern, aber diese Geschichte war unheimlich. Maja.. das heisst für mich, dass irgendjemand Agathe vergiften wollte. Aber wer um Himmels willen tut so etwas bloss. Ich glaube wir sollten den Dingen auf den Grund gehen. Was ist… wenn die betreffende Person es noch einmal versucht und Erfolg damit hat. Daran möchte ich gar nicht erst denken, gerade jetzt wo sie wieder aufblüht. Was wollen wir als nächstes tun? Tina sah ihre Freundin neugierig an.

Als nächstes werde ich meine Mutter keine Minute mehr aus den Augen lassen, bis wir sicher sein können das ihr nichts mehr passieren kann. Gernot hält auch ein Auge auf sie. In letzter Zeit sehe ich die beiden sowieso immer die Köpfe zusammen stecken. Beim dem Gedanken musste Maja schmunzeln. Für die Liebe ist es eben nie zu spät Tina.

Aber als erstes muss ich mit Selma
reden. Ich werde sie suchen gehen.

Selma sass mit Agathe auf einer Bank
auf der Wilhelmstrasse. Sie waren in
ein Gespräch vertieft und bemerkten
Majas Erscheinen nicht gleich.
Agathe lächelte ihre Tochter
liebevoll an.

Wie geht's dir Mama? fragte Maja sie
besorgt

Ach mein Kind… es geht mir schon viel
besser. Doktor Carstens hat mir etwas
gegen die Übelkeit geben. Die Luft
tut mir gut.

Selma ich möchte gern mit ihnen
reden.
„Würden sie mir sagen, was in den
letzten Tagen passiert ist"?

Selma Domhof dachte eine Minute nach.
„ Ich gehe mit ihrer Mutter wie
täglich spazieren. Ich kann mir auch
nicht erklären, wieso das passiert
ist. Ich habe nichts Auffallendes
bemerkt. Ausser dass ihre Mutter
neuerdings viel mit ihrem Boss
unterwegs ist.

Wenn die beiden mit sich beschäftigt waren, bin ich nach Binz gefahren. Der rasende Roland fährt dort mehrmals am Tag hin.

Maja sah sie verständnislos an.

„Wer ist der rasende Roland? Haben sie einen Mann kennen gelernt"?

Ach nein Maja… Selma lachte auf Der rasende Roland ist eine alte Dampflok. Und die fährt mehrmals nach Binz. Der Zug fährt auch Granitz oder Putbus an. Aber bis dahin habe ich es jetzt noch nicht geschafft. Das Jagdschloss in Granitz soll sehr sehenswert sein. Aber ich schweife ab.

„Selma ich muss das jetzt fragen". Sie waren doch auch bei dem Ausflug auf der MS Adler Mönchgut dabei. „Haben sie dort irgendetwas Ungewöhnliches gesehen"? „Nein, sicher nicht… ich war doch selbst ganz erschrocken". Es tut mir schrecklich leid. Die junge Frau war doch auch eine Freundin von ihnen. Selma sah Maja neugierig an.

„Oh"! murmelte Maja. Sie war totenbleich als ihr ein Gedanke durch den Kopf schoss.
Ja… aus der Schulzeit, ist lange her… sagte sie wie zu sich selbst.

Selma ich nehme meine Mutter mit. Wir werden noch ein wenig spazieren gehen. Es ist so schön heute. Ich glaube sogar das mein Boss am Strand sitzt und Skizzen macht.
„Mama hast du Lust mit an den Strand zu gehen"? Wir könnten nach Gernot sehen, er sitz sicher wieder dort irgendwo und zeichnet.
Maja sah in die blauen Augen ihrer Mutter und sah ein Strahlen das heller war wie alles andere.
Gehen wir….

30

Paul Carstens zeigte alle typischen Merkmale von Kummer und Schock. Er war – wie man es von ihm gewohnt war – mit viel Sorgfalt gekleidet und hatte seine dunkelblaue Krawatte sorgfältig mit einem Windsorknoten versehen. Seine Augen zeigten einen schmerzlichen Ausdruck.

„Elena" sagte er mit belegter Stimme. Auch wenn Chantal manchmal ein kleines Biest gewesen war, hat sie so etwas nicht verdient. Als ich Chantal kennenlernte wusste sie ganz genau was sie wollte.
Mich…
Leider habe ich hinter ihre schöne Fassade zu spät gesehen. Ich war geblendet von ihr. Von ihrer Schönheit, von ihren tollen Augen und ja… von ihren anderen Vorzügen die eine Frau wie Chantal vorzuweisen hat.

Elena Vilija sah den Mann vor sich lange und nachdenklich an.

„Hast du auf der Party etwas Ungewöhnliches gesehen oder etwas gehört? Einen Schuss?" fragte sie Paul nun

Doch er schüttelte nur leicht den Kopf. Nein, nichts.

Um wieviel Uhr hast du die Party verlassen?

Gegen elf Uhr kam Max, der Kellner der für den Abend engagiert wurde zu mir und bat mich ans Telefon. In der Pension Ingeborg auf der Wilhelmstrasse gab es eine Urlauberin der es nicht gut ging. Ich bin sofort nach dem Anruf dort hin gegangen. Die Wilhelmstrasse ist ja von der Seebrücke nicht weit entfernt. Herr Schneider hat dort bereits auf mich gewartet und mich dann zu der Patientin gebracht. Als ich die Patientin versorgt hatte war es schon fast Mitternacht. Danach bin ich nach Hause gefahren.

„Du bist nicht mehr zurück auf die Party?" wollte die Kommissarin genauer wissen

Nein… warum sollte ich auch. Diese Partys sind Chantals Leben gewesen, aber nicht meins.

Ich habe sie meistens nur aus Anstand eine Weile begleitet. Aber das weisst du ja selbst Elena.
Die Kommissarin nickte. Ja, ich weiss das ist nicht dein Ding. Du liebt eher die Ruhe. Kann ich auch verstehen.
Trotzdem muss Chantal einen Feind gehabt haben. Sonst würde sie jetzt nicht im Leichenschauhaus liegen.
„Aber wer und wieso?"
Danke dass du Zeit für mich hattest Paul!

Elena… warte, da ist noch etwas anderes! Die Kommissarin drehte sich noch einmal zu ihm um und sah Paul fragend an.
„Ja? Was möchtest du mir noch sagen!"

Es ist etwas merkwürdig wie mir scheint. Paul sah ihr direkt in die Augen. Aber Majas Mutter, Frau Fahrtmann hat vor einigen Tagen über Unwohlsein geklagt.
„Und?" Sie ist eine alte Dame, da fühlt man sich nicht jeden Tag top fit. Ausserdem ist sie krank. Sie hat doch eine Pflegerin an ihrer Seite, das find ich jetzt nicht beunruhigend.

Paul, was ist?
Jetzt wurde Elena Vilija ungeduldig.
„Ich muss einen Mörder suchen und
finden.‟

Mir kam das alles sehr merkwürdig vor
und so habe ich eine Blutanalyse
machen lassen. Das Labor fand
Giftstoffe in ihrem Blut.
Die Kommissarin wollt gerade etwas
sagen, doch Paul unterbrach sie.
Das merkwürdige an der Sache ist, das
dieses Gift in unseren Breiten gar
nicht vorkommt.
Elena Vilija klappte ihren Mund vor
Überraschung wieder zu.
Es war blauer Lotus.
Ein hübscher Name für ein Gift.
„Ja, so kann man es auch sagen!‟ er
musste nun doch schmunzeln
Der blaue Lotus ist eigentlich eine
Seerosenart und bevorzugt den
ägyptischen Raum.

Elena… wie ich es sehe, hat Agathe
Fahrtmann den Lotus nicht freiwillig
eingenommen. Da wollte sie jemand aus
dem Weg schaffen.
Ich möchte jetzt nicht gleich
mutmassen, das dieser Jemand sie
umbringen wollte.

Denn der blaue Lotus ruft auch
Halluzinationen hervor, aber er
wollte sie ausser Gefecht setzen. Und
das Warum bleibt für mich noch offen.
Maja ist über diese Tatsache sehr
bestürzt und lässt ihre Mutter jetzt
nicht mehr aus den Augen.
Paul… meinst du das die beiden
Vorfälle zusammen hängen könnten?
fragte ihn nun Elena

Doch Paul zuckte nur mit der Schulter
und flüsterte – ich weiss es nicht.
Doch es macht mir Angst, dass ein
Mensch einem anderen dies antut. Was
ist, wenn dies nur der Anfang ist?
fragend sah er die Kommissarin an

Danke dass du mir den Vorfall
berichtet hast. Wir müssen jetzt
handeln, bevor noch jemand anderes zu
Schaden kommt.
Hab bitte ein Auge auf die beiden
Fahrtmann Frauen! Aber das sollte dir
nicht schwer fallen, dabei lächelte
sie ihn an. Ich habe da etwas gehört
– von wegen Jugendliebe und so…
Elena Vilija drehte sich um und
verliess den Wohnraum.
Ich melde mich, sobald ich Ergebnisse
habe… rief sie ihm zu -

… und Paul ich gönne es dir von Herzen, wir wissen beide wie Chantal sein konnte.

Paul sah aus dem Fenster und hing seinen Gedanken nach.

31

Es klopfte an der Tür und Maja rief:
„Herein!"
Jacob trat ein.
Tschuldige Maja, nuschelte er – der
Boss möchte mit dir sprechen.
Maja erhob sich. Ich komme sofort,
sagte sie und folgte Jacob den Flur
entlang.

Gernot Metzer lag von Kissen
gestützt, mit geröteten, fiebrigen
Wangen auf dem Sofa in seiner
Ferienwohnung.
„Furchtbar nett von dir Maja, gleich
mit Jacob zu kommen!" erklärte er
etwas verlegen
„Ich hätte dich gern etwas gefragt."

Gernot sah in Jacobs Richtung und
wedelte mit seinen Händen. Es ist gut
du kannst jetzt gehen.

Wo war ich stehen geblieben? - ach
ja.
Ich wollte dich etwas fragen!

„Und das wäre?" Maja sah ihn an

Gernots Gesicht rötete sich noch
mehr.
„Es ist… - ich würde gern…
Maja musste über so viel
Unbeholfenheit jetzt doch schmunzeln.
Gernot Metzer versuchte es von neuem.
„Ich würde gern… ähm… deine Mutter
heiraten." So jetzt ist es raus.
Verlegenheit machte sich bei Gernot
breit.
Maja sah ihn schmunzelt an.
Meinst du nicht, du solltest erst
meine Mutter fragen?

Meinst du – sie wird sich nicht
weigern, wenn ich sie um ihre Hand
bitte werde?
Ich habe jetzt einige Tage darüber
nachgedacht und bin zu dem Schluss
gekommen, dass es für Agathe besser
wäre wenn sie an meiner Seite bleibt.

Maja fing schallend an zu lachen.
Was für meine Mutter am besten ist,
weiss sie ganz gut allein. Ich denke
sie ist genauso verknallt in dich,
wie du anscheinend in sie.
Man oh man… ihr führt euch beide auf
wie ein paar pubertierende Teenager.

Gernot Metzer wollte soeben etwas erwidern, doch er schloss seinen Mund wieder.

„Nun mal nicht gleich in Schnappatmung verfallen Gernot. Wenn ihr euch beide liebt, dann geht zusammen den Weg." Ich bin die Letzte die etwas dagegen hat. Nein Gernot… ich finde es sogar richtig toll, das du alter Brummbär noch einmal den Mut hast dich zu verlieben.

Gernot musterte sie mit Interesse. War das jetzt auf deine ganz eigene Logik ein Ja.

„Frag sie!" entgegnete Maja nur

„Das ist riesig nett von dir."

Ich habe schon seit einigen Tagen gesehen, das meine Mutter gern in deiner Nähe ist. Vor allem nach dem Vorfall letztens ist es gut, wenn auch du ein Auge auf sie hast. „Gewiss! Natürlich!" Gernots Lachen ertönte

Gernot stand vom Sofa auf.

Als er an seinem Arbeitsplatz vorbeikam, warf er einen Blick darauf. Schau dir das mal an Maja. Ich habe ein wenig an unserem Projekt gearbeitet.

Maja ging auf ihn zu und sah auf das Stück Papier was dort lag. Eine riesige scheinbar faserlose Holzfigur aus hunderten von kleinen Schwemmholzteilen hatte er gezeichnet. Sie fügten sich zu einem weiblichen Torso zusammen. Umrahmt wurde dieser Torso von einer Garde von aufrecht stehenden Hölzern. Man konnte den Eindruck bekommen, das dort eine ganze Kompanie von Schwemmholzsoldaten den Torso bewachen sollten.

Wie gross planst du die Installation? wollte nun Maja wissen
Tja.. das ist eine berechtigte Frage Maja. Aber ich weiss das eigentlich gar nicht. Was ich weiss, ist das der Torso der Grösse des menschlichen Körpers entsprechen soll.

Ok… das ist mal eine Ansage Gernot.

Also kann ich damit rechnen, das die
Installation mindestens eineinhalb
Meter gross wird und eine Länge von
circa zweieinhalb Metern haben soll.
Hat denn Jacob schon so viel Holz
sammeln können? Maja sah Gernot nun
neugierig an. Der LKW kommt bereits
übermorgen und verlädt alles.

Ach Maja, bevor du gehst…
Maja drehte sich nun noch einmal zu
Gernot Metzer um.
Mein Skizzenbuch ist wie vom Erdboden
verschwunden. Alle meine Skizzen die
ich in den letzten Tagen hier
angefertigt habe, sind darin. Ich
weiss nicht wo ich es hingelegt habe.
„Hast du in deiner Tasche
nachgesehen, die du ständig mit dir
rumschleppst!" Oder mal Jacob
gefragt, ob er den Skizzenblock
gesehen hat?
Ich gehe später noch zu meiner Mutter
und frag sie danach. Vielleicht weiss
sie ja etwas.
Gernot sah Maja etwas getröpfelt an.
Ich habe da meine ganzen Erinnerungen
darin. Die ganze Ostsee, die Dünen,
die Menschen, ja sogar die Möwen und
Kormorane habe ich gezeichnet.

Alles Material was ich auf Leinwand
übertragen wollte. Drei Wochen Arbeit
umsonst. „Alles für die Katz…"
Bitte finde das Buch!
Maja ich flehe dich an.

„Na nun mal nicht so dramatisch, ich
werde sehen was ich tun kann.
Versprochen!"
Tina und Selma hatten sich an diesem
Abend selbst übertroffen. Der Tisch
sah festlich geschmückt aus. Weisse
Servietten lagen dekorativ auf jedem
Teller und aus den beiden Schüsseln
die bereits auf dem Tisch standen
roch es verführerisch.
Maja hob den Decker der ersten
Schüssel an und schnüffelte. Ist das
Zucchinisuppe, die riecht ja
himmlisch.
Jacob beugte sich über die zweite
Schüssel und bemerkte, Sauerkraut
bah.

Ich liebe Sauerkraut kam es da von
hinten und Gernot betrat mit Agathe
den Raum. Ja, man konnte sehen das
beide verliebt waren.
Was duftet hier so gut? Agathe
schnupperte und folgte den köstlichen
Duft nach Schokolade.

„Habt ihr das alles allein gezaubert?" fragte sie nun
Das ist ein perfektes Abendessen um danach noch einmal die Insel zu erkunden. Habt ihr die Seebrücke schon einmal bei Nacht euch angesehen.
Gernot… dabei hackte sie sich bei ihm ein, hat sie mir gestern Abend gezeigt. Sowas von hinreissend, das müsst ihr euch unbedingt ansehen.
Tina und Maja sahen sich an und nickten nur. Mama ich habe sie mir mit Tina auch schon vor einigen Tagen am Abend angesehen. Der Sonnenuntergang an diesem Tag war einfach perfekt.
Ich hole mal schnell meine Kamera dann können wir uns die Fotos gemeinsam ansehen.
Tina lief die Stufen hinauf und verschwand in der kleinen Ferienwohnung die direkt darüber lag.
Ich komme: rief sie schon von weitem. Hier schaut euch das mal an!
Tina reichte die Kamera mit dem Foto Agathe.
Der weisse Bau der Seebrücke stand im Kontrast zum dunklen Nachthimmel. Die Sonne erstrahlte in ein rötlichorangenes Licht und es

funkelte nur so. Die Sonne schien in der Ostsee zu ertrinken. Ein perfektes Foto, Tina. Agathe war ganz hingerissen davon.
Lass uns essen, bevor das Abendessen kalt wird. Im Ofen wartet noch ein Schokoladenkuchen auf uns.

Mama flüsterte Maja ihrer Mutter ins Ohr als sie am Tisch sassen. Mir ist aufgefallen, dass du mit meinem Boss mehr Zeit verbringst als mit mir!
Maja lachte.
„Mein Kind soll das eine Beschwerde sein?" flüsterte Agathe zurück
Sie nahm ihren Arm und zog sie an sich.
Das Leben ist so schön! flüsterte Agathe lächelnd
Er hat dich also gefragt?
Agathe lächelte nur und nahm den Löffel zur Hand.

Iss mein Kind, bevor es kalt wird. Sie strahlte von innen heraus und Gernot sah sie unverwandt an. Man sah an diesem Abend einen verräterischen Glanz in seinen Augen.

32

Maja war am nächsten Morgen als erste wach. Sie kochte sich einen starken Kaffee und nahm sich eine Tasse mit auf den Balkon. Langsam stahlen sich die ersten Sonnenstrahlen über die Ostsee. Im Ortskern herrschte bereits regen Betriebsamkeit, aber die Stimmen und Geräusche waren wegen der Entfernung nur gedämpft zu hören. Die Spatzen, Elstern und Schwalben sassen schon munter in den Ästen der Bäume. Ihr Lied drang an diesem Morgen noch lauter an Majas Ohr. Maja ahnte das es die letzten stillen Stunden auf dieser Insel sein würden. Es hiess Abschied zu nehmen. In spätestens vier Tagen würden sie alle die Insel verlassen. Das Skizzenbuch musste sie noch finden, bevor sie abfahren konnten.

Sie wusste nicht wieviel Zeit vergangen war, als Paul auf den Rasen vor ihrem Balkon plötzlich stand. Er wünschte ihr einen guten Morgen und gab ihr einen leichten Handkuss in ihre Richtung. Allerdings machte er den Eindruck, als hätte er nicht gut geschlafen. Er setzte sich auf den Rasen und schaute zu ihr hinauf.

Kaffee? fragte sie ihn.
Du siehst aus als könntest du einen starken Kaffee vertragen!

Er sah in ihre Richtung.
„Du bist wunderschön!" meinte er dann und stiess einen Seufzer aus

Ich bring dir einen Kaffee. Warte auf mich.
Maja zog sich ihre Jeans über und ging in die Küche um eine zweite Tasse Kaffee einzuschenken. Mit beiden Tassen verliess sie leise die Wohnung und trat auf den Rasen.
Trink das, bevor du noch mehr Unsinn von dir gibst! Maja setze sich neben ihn.

Eine Zeitlang sagte keiner ein Wort. Plötzlich wandte er ihr Gesicht zu. Wie kannst du überhaupt daran denken, wieder fortzugehen? fragte er mit rauer Stimme

Warum musste er ausgerechnet jetzt mit dieser Frage kommen? dachte sie bekümmert
Es war so schön friedlich gewesen. Aber sie antwortete ihm nicht.

Musst du wirklich gehen? fragte er noch einmal
„Bitte tu es nicht, bleib hier!" Er griff nach ihrer Hand „ Maja du gehörst zu mir."

Ich weiss, entgegnete Maja. Egal wie weit ich den Gedanken an dich wegschiebe – muss ich doch an dich denken, sagte Maja zweifelnd und schüttelte den Kopf. Du hast eine schwere Zeit hinter dir. Deine Ehe mit Chantal, der Tot von ihr und nun musst du…
Was muss ich?
Sie entzog ihm ihre Hand und deutete nach oben. Die Menschen dort oben sind meine Zukunft. Ihre Stimme klang nun gepresst. Meine Arbeit, meine Mutter sind nicht hier wenn ich bleiben würde. Was sollte ich hier tun? Ich finde dieses Fleckchen Erde sehr schön, aber auf Dauer hier leben will ich nicht.

Auch wenn du mich magisch anziehst,
ist es nicht der richtige Weg.
Paul sah ihr in die Augen.

Paul unsere Liebe war zu einem
Zeitpunkt der nicht widerkommen kann.
Eine Jugendliebe eben. Du hast dich
damals fürs weggehen entschieden und
ich entscheide mich für bleiben.
Bleiben da wo ich lebe und arbeite.
Ich werde nicht von vorn anfangen und
weglaufen. Mein Leben spielt sich
nicht auf Rügen ab. Kannst du das
verstehen? Maja sah ihn fragend an
Er nickte schwach.

Auf der Terrasse zu Gernots Wohnung
erschien Agathe.
Hallo ihr zwei, kommt ihr zum
Frühstück?
Damit war ihre Unterhaltung beendet.

33

Nach dem gemeinsamen Frühstück mit
Agathe und Gernot gingen Paul und
Maja an den Strand. Paul hatte heute
seinen freien Tag und wollte ihn mit
Maja verbringen.
Sie näherten sich der Seebrücke. Der
Wind fuhr in Majas Haar und zerzauste
es.
„Du hast es tatsächlich geschafft!"
neckte Paul Maja
Sie sah ihn fragend von der Seite an.
Du hast deinen Traum erfüllt. Als wir
uns damals kennenlernten wolltest du
unbedingt etwas Kreatives machen. Was
genau wusstest du noch nicht, aber
unabhängig wolltest du sein.

Maja lachte.
„Allerdings hat Gernot Metzer mir
dabei geholfen, wenn ich ehrlich
bin."
Maja wollte ihm die Illusion nicht
nehmen.

Wie habt ihr euch eigentlich
kennengelernt?

Das ist eigentlich keine grosse
Geschichte. Als ich eines Tages in
der Zeitung eine Anzeige las, habe
ich mich darauf beworben.
Der Text der Anzeige war nichtssagend
und zu dem Zeitpunkt wollte ich
erstmal nur Geld verdienen.
Wenn ich mich noch recht erinnere
stand da:
      „Vergebe Arbeit!
        Frau oder Mann willkommen!
        Seriöse Tätigkeit mit viel
Potenzial!"
Auf diese Anzeige hast du dich
gemeldet? fragte Paul ungläubig

Ja, habe ich!
Als ich dann Gernot kennenlernte,
dachte ich nur was für ein Chaot. Er
zeigte mir das Atelier, was um
einiges kleiner war als heute. Als
ich dann seine unfertigen Arbeiten
und Skizzen gesehen hatte, war sofort
verliebt. Den Job musste ich einfach
haben. Gernot hat mir viel
beigebracht. Ich arbeite sehr gern
mit ihm. Als dann irgendwann noch
Jacob dazu kam, war die Gruppe
perfekt. Gernot als anerkannter
Künstler, der überall ausstellte. Ich
als seine Assistentin, die alles

zusammen hielt und Ideen präsentierte. Ja und Jacob… was ist Jacob eigentlich für das Team. Er ist der kleine Junge der in Gernot eigentlich noch immer steckt. Macht alles was man ihm aufträgt und sein grösstes Potenzial ist – sie musste bei diesem Gedanken lächeln – er kann essen was das Zeug hält.
Ich habe ihn schon einmal dabei überrascht, wie er heimlich sich am Kühlschrank im Atelier zu schaffen gemacht hat.

„Der Baum dort drüben sieht aber seltsam aus." sagte sie nun um das Thema zu wechseln
Woran erinnert er dich? fragte Paul
„Ich weiss nicht."
Schau dir doch einmal die Zweige an, sie sind durchgebogen und ragen weit nach aussen.
Das wär ein ideales Motiv für Gernot und Tina. Das muss ich den beiden nachher unbedingt erzählen.
Komm wir gehen noch ein Stück. Sie kamen an einem Strandrestaurant vorbei, das noch geschlossen war. Der Pächter stellte gerade die Tische und Stühle auf die Terrasse.
Es ist wirklich schön hier.

Tina und ich sind vor einigen Tagen nach auch hier entlang. Wir haben die Zeit vergessen und sind auf der Strandpromenade entlang gelaufen. Ein kleiner Buchladen lud uns ein hinein zugehen. Wir dachten wir wären noch in Sellin, dabei waren wir schon nach Baabe weiter spaziert.

Tina liebt Buchläden. Eine geschlagene Stunde haben wir in den kleinen Laden verbracht. Mir ist der Name dieses Buchladen noch in Erinnerung, er war so typisch für diese Region. „Beiboot"

„Findest du nicht auch?"

„Was du vorhin gesagt Paul, geht mir nicht aus den Kopf."

Er hielt sie am Arm fest, blieb stehen und sah ihr tief in die Augen. Maja ich möchte nicht das wir wieder uns aus den Augen verlieren. Paul nahm Maja in die Arme und hielt sie einfach nur.

Er sagte nichts, aber es tat ihr gut seine starken Arme zu spüren.

34

Paul und Maja sprachen nicht über das, was eben geschehen war. Sie gingen wieder auf den Strandabschnitt und setzten ihren Weg fort. Er hatte erwartet das Maja einfach ja sagen würde und bei ihm blieb. Doch so einfach war es nicht. Es würde einige Zeit dauern, ehe sie wieder die gleiche Ebene erreicht hatten wie einst. Aber er wusste auch, er konnte sie nicht einfach gehen lassen.
Die letzten Meter zogen sie ihre Schuhe aus und spürten den kühlen Sand unter ihren Füssen.

Paul?
Gestern hat mich Gernot bei Seite genommen und mir gesagt das sein Skizzenbuch verschwunden ist! Er ist am Boden zerstört. Mehrere Wochen Arbeit stecken darin. Er hat von jedem Fleckchen Erde hier Zeichnungen angefertigt, von Kap Arkona und auch von dem Strand hier. Die Zeichnungen sollte die Grundlage für seine neue Serie von Bildern werden. Da stecken mindestens zwei bis drei Jahre Arbeit drin.

Wir haben überall gesucht! Am Strand, in der Ferienwohnung… aber nichts gefunden.
Unglücklicherweise hat er – wie es seine Angewohnheit ist – seinen Namen auf die Frontseite des Blockes gekritzelt.
Hast du eine Idee, wo wir noch suchen könnten? Sie sah ihn neugierig an.

Paul dachte nach.
Wenn ich dieses Skizzenbuch gefunden hätte und ich hätte nur ein Fünkchen Ahnung um wen es sich bei dem Besitzer handelt, würde ich es verkaufen. Die meisten Menschen hier sind Saisonarbeiter und verdienen nicht so viel. Das wäre ein kleines zusätzliches Taschengeld für sie oder ihn.

Du meinst er würde es zu Geld machen wollen. „Ja sicher!"
Ich würde es in eine Auktionsplattform einstellen und der Meistbietende bekommt es. Ist doch ein ganz einfach Sache.

Ok… sagte sie gedehnt.

Dann versuche ich es dort mal.
Vielleicht hast du recht und es hat
Jemand gefunden.

Sie gingen die Wilhelmstrasse hinauf
und kamen an dem Skipper vorbei. Ein
kleines nettes Restaurant das bei
dieser Witterung zu Kaffee und Kuchen
einlud. Hast du Lust… fragte Paul
sie. Maja sah ihn lächelnd an und
nickte.
Auf der breiten Terrasse des
Restaurants waren nur wenige Tische
besetzt.
„Viel ist hier ja nicht los" meinte
Maja.

„Warte nur ab. Ab Mittag kommen die
Gäste vom Strand und von ihren
Ausflügen zurück. Dann wird sich das
Bild schlagartig wandeln."
Sie wählten einen Tisch aus, von dem
sie einen guten Ausblick auf das
Treiben der Touristen auf der Strasse
hatten. Die meisten Gäste tranken Tee
oder Kaffee, wie Maja bemerkte.
„Ich glaube, ich trinke Tee" sagte
Maja und bestellte Tee und Gebäck für
sich, als der Kellner kam.

„Und ich dachte, ich könnte dich zu einem Cocktail einladen." Beschwerte sich Paul lächelnd

Tee ist auch etwas sehr Schönes.
Kennst du „Karls Erdbeerhof"?
Paul nickte.
Ach ja .. ich vergass. Tut mir leid!

Den Erdbeerhof haben wir gleich am Anfang hier entdeckt. Ein Schlaraffenland für Erdbeerliebhaber. Da kannst du alles kaufen und probieren was das Erdbeerherz höher schlagen lässt.
Entschuldige ich bin so begeistert von diesem Laden, das ich manchmal gar nicht bemerke wie ich abschweife.
Was trinkst du?
Ich bleibe bei einem kühlen Bier.
Als die Getränke serviert wurden, trank er einen tiefen Schluck. Maja nippte nur an ihren Tee, verbrannte sich aber trotzdem die Zunge.
„Lass ihn lieber ein wenig abkühlen", warnte Paul. Hier probiere mal. Maja trank einen Schluck. „Ah das tut gut", seufzte sie wohlig und leerte das Glas bis auf den Grund. „Ich glaube jetzt musst du dir ein neues bestellen" sagte sie lächelnd.

„So sieht es aus." Paul winkte dem
Kellner.

Die Sonne stieg höher und das
Restaurant füllte sich. Hab ich es
dir nicht gesagt! Paul nickte ihr zu.
Auf der gegenüberliegenden
Strassenseite fuhr gerade die kleine
blaue Ostseebahn ein. Sie spuckte
kleine Kinder mit ihren Müttern und
Vätern aus. Sie kreischten und
lachten so laut, das die Geräusche
bis zu ihnen drangen.
Unbewusst griff sie nach Pauls Hand.
Da durchbrach eine laute Stimme grob
die Szenerie.

Wer hätte das gedacht, dass ich sie
hier finde. Kommissar Weigler trat
auf sie zu.
Guten Tag Herr Kommissar hörte Maja
sich sagen. Haben sie schon neue
Ergebnisse?
Paul drehte sich zu ihm herum. Hallo
Weigler! Wo ist ihre Kollegin Elena
geblieben? Sie hat mich geschickt um
einen Zeugen zu suchen.
„Oh, entschuldigen sie" bat er und
setzte sich unaufgefordert.

Ich bin auf der Suche nach diesem
Kellner der in der Mordnacht bei
ihnen ausgeholfen hat! Wissen sie wo
ich ihn erreichen kann? In seiner
Unterkunft ist er seit Tagen nicht
aufgetaucht.

Merkwürdig… sagte Maja
Sollte das Verschwinden von diesem
Max in Zusammenhang stehen mit dem
Unglück von Chantal.
Oder… da kam Maja eine Idee…
Paul können wir zahlen, ich muss
dringend an meinen Computer.
Deine Idee von vorhin klingt sehr gut
und ich möchte das sofort überprüfen.
Es kann kein Zufall sein, das dieser
Max wie vom Erdboden verschwunden
ist.

Kommissar Weigler sah sie
verständnislos an. Könnten sie mich
ins Bild setzen über was sie und Herr
Carstens sprechen.
Später Herr Kommissar. Alles später…
Jetzt muss ich ganz dringen etwas
nachsehen und habe keine Zeit mehr um
mit ihnen hier zu sitzen. Viel Erfolg
bei der Suche nach Max. Ich werde
mich bei Kommissarin Vilija melden,

sobald ich etwas Neues in Erfahrung gebracht habe.

Aber? Weiter kam der Kommissar nicht, denn Maja war schon vom Tisch aufgesprungen und ging die Stufen der Terrasse hinunter.

Paul Carstens folgte ihr mit fragendem Blick.

Wow… bemerkte Paul, du kannst aber garstig sein. So kenne ich dich ja überhaupt nicht.

Ich mag es nicht, wenn man sich ungefragt einmischt und diesen Weigler kann ich nicht riechen.

Hilfst du mir bei der Suche! Paul gab ihr einen Kuss auf die Wange und nahm ihre Hand in seine.

35

Um viertel vor sieben entschied sich Maja Schluss zu machen. Die Suche auf zwei Auktionsplattformen war erfolgreich. Paul hatte Recht mit seiner Vermutung. Sie hatte sich extra ein Konto bei beiden Plattformen einrichten müssen um mit dem Verkäufer in Kontakt treten zu können. Jetzt hatte sie die Auktion gewonnen und hatte eine Mail vom Verkäufer bereits erhalten.

Am morgigen Tag würden sie sich in Baabe treffen. Der Skizzenblock wurde für zweitausend Euro versteigert. Ein hübsches Sümmchen wie sie wusste. Aber es waren alles Originale von Gernot Metzer und eigentlich ein Schnäppchenpreis.

Paul hatte ihr bei der Suche geholfen, wofür Maja ihm sehr dankbar war.

Jetzt stand Paul Carsten am Balkonfenster ihrer kleinen Ferienwohnung und telefonierte mit Elena Vilija. Die Kommissarin musste verständigt werden, denn keiner von beiden wollte ein Risiko eingehen.

Was wäre wenn der Verkäufer ein
Verbrecher wäre und sie bedrohen
würde.
Paul wollte kein Risiko eingehen.

Sie hörte ihn gerade noch sagen: „
*Gut die Geldübergabe findet in Baabe
um zwei Uhr statt. Du wirst also auch
vor Ort sein. Gut…*"
Er legte auf und drehte sich zu Maja
herum. Es ist alles in Ordnung, Elena
wird morgen mit zwei Polizisten auch
am Übergabeort erscheinen.
Wir werden sehen, was uns da
erwartet.

Die Tür sprang auf und Tina kam
herein.
Hallo ihr zwei! Grüsste sie
freundlich
Mein Tag war heute fantastisch, ich
habe so viele Fotos gemacht, das es
für mehrere Bildbände reichen würde.
Sie sah ihre Freundin neugierig an.
Hab ich etwas verpasst? fragte sie
nun leise

Pauls Telefon läutete und er sah auf
das Display. Entschuldigt bitte, aber
es ist die Praxis.

Er ging wieder zur Balkontür und nahm das Gespräch entgegen.

Maja konnte nichts verstehen, da Tina sie gerade fragte: „Was läuft da zwischen euch?"

Sie sah ihre Freundin mit geröteten Wangen an und zuckte mit den Schultern.

Paul Carstens hatte das Gespräch beendet. Es tut mir leid. Maja ich muss zu einem Patenten. Er braucht meine Hilfe.

Wir sehen uns morgen… damit verliess er den Raum und liess die beiden Frauen allein.

Tina nahm Maja am Arm und zog sie zum Bett. Setz dich und erzähl mir endlich was dazwischen euch läuft. Ich hatte es dir doch schon einmal gesagt Tina, nichts… absolut nichts… Ja sicher Maja.. nichts. Das sieht ja ein Blinder mit Krückstock das ihr beiden die Finger nicht voneinander lassen könnte.

„So schlimm?" fragte Maja

Ja, man kann es euch an der Nasenspitze ansehen.

Also raus mit der Sprache!

Maja erzählte ihr von dem Gespräch zwischen Paul und ihr. Er will das ich hier bleibe. Stell dir das mal vor.
Na das geht natürlich nicht, meinte Tina. „Was soll ich denn ohne dich anfangen? Oder denke doch mal an deinen Boss oder an deine Mutter!" Du hast Pläne, wie du mir erzählt hast.

„Was wäre denn wenn Paul eine Ortsveränderung in Erwägung ziehen würde." Meinst du nicht das es Kranke überall gibt! Hast du ihn das schon gefragt. Was hält ihn denn hier? Ok die schöne Landschaft hat schon ihren Reiz. Aber bei uns ist es auch sehr schön, besonders im Winter.
„Maja, frag ihn doch einfach."
Ich glaube er wartet nur darauf.
Meinst du wirklich?
Wenn ihr zusammen sein wollt, gibt es nur die beiden Lösungen. Entweder du ziehst hierher – was ich sehr bedauern würde – oder Paul zieht zu dir!
Komm wir gehen essen. Tina zog ihre Freundin vom Bett und schubste sie in Richtung Tür.

Was habt ihr beiden eigentlich morgen
vor? fragte sie nun interessiert
Das erzähle ich dir morgen, wenn
alles erledigt ist. Tina sah ihre
Freundin nur entsetzt an. Es ist doch
hoffentlich nicht illegales?

Maja musste nun wirklich über Tina
lachen.
Nein meine Liebe… nicht illegales.
Wir suchen etwas, was der liebe
Gernot seit Tagen vermisst.
Ach so! Dann kann es ja nicht so
spektakulär sein.
Hast du eine Ahnung, dachte Maja bei
sich.

36

Kommissar Weigler stiess einen Fluch aus. „Dieser verdammte Fall wird immer verzwickter!" Er sah Elena an.
Irrst du dich auch nicht?
Ich vertraue Paul. Um zwei Uhr werden wir sehen, was sich hinter dieser mysteriösen Auktion verbirgt.
Fräulein Fahrtmann hat nur eins und eins zusammen gezählt und Paul hat sie auf den Gedanken gebracht.
Was ist wenn er von sich ablenken will?
Ich kenne Paul Carstens jetzt schon einige Jahre. Er heilt Menschen, er tötet sie nicht. Nicht einmal so eine hochnäsige arrogante Frau, wie Chantal es war. Eine Scheidung wäre um einiges billiger für ihn geworden. Also Weigler es besteht kein Tatverdacht gegen ihn.
Und wohin führt uns das? Ist es möglich das die ganze Angelegenheit nichts mit unserer Mordtat zu tun hat?
Möglich ist es! entgegnete Elena
Wenn das der Fall wäre, gehen wir einer falschen Spur nach.

Elena Vilija schüttelte den Kopf. „ Nein ich halte es nicht für möglich. Ich denke, da unser Zeuge der Kellner Max spurlos verschwunden ist – wird es etwas mit ihm zu tun haben. Kann aber auch sein, das ein ganz anderer den Skizzenblock unter den Hammer gebracht hat. Geldsorgen haben viele Menschen hier auf der Insel. Obwohl ich das für sehr unwahrscheinlich halte. Alle Bewohner von Sellin sind rechtschaffende Leute. Ich bin hier aufgewachsen und denke das ich das beurteilen kann.

Ok!

„Dann gibt es also nur zwei Möglichkeiten: Entweder hat dieser Max den Block gefunden, nachdem er am Strand entlang gelaufen ist, oder die Geschichte löst sich in Wohlgefallen auf. Das hiesse für mich das die Geschichte in keinerlei Zusammenhang steht mit unserm Mord."

So seh ich das Vilija. Kommissar Weigler sah sie genervt an.

„Ja… murmelte Elena, so wird es wohl sein." Doch bedenken sie eins – wir sollten erste herausfinden was dahinter steckt, bevor wir Rückschlüsse ziehen.

Weigler seien sie doch nicht immer so
gradlinig, so stur… die Menschen
ticken hier etwas anders.
Weigler stand von seinem Schreibtisch
auf. „Im Augenblick hat es wenig
Zweck, weitere Mutmassungen
anzustellen. Er blickte auf seine
Uhr.
Es war kurz vor eins.
Machen wir uns auf den Weg! Er nahm
die Autoschlüsse zur Hand und wandte
sich der Tür zu. Kommen sie Frau
Kommissarin?
Als sie die Stufen des Polizeireviers
hinunter gingen fragte Weigler Elena:
Wo ist eigentlich der genaue
Treffpunkt für die Übergabe?
Auf der Seepromenade von Baabe. Wir
haben nicht viele Schutzmöglichkeiten
dort. Der Infopavillon würde uns
einen gewissen Schutz geben. Aber er
ist etwas weiter abgelegen von der
Strandpromenade.
Wir müssen vor Ort entscheiden, wo
wir unseren Beobachtungsposten
aufstellen können.

Kennen sie eigentlich diesen jungen
Mann bei diesem Künstler? Er ist auch
sehr merkwürdig.

Weigler sah nachdenklich auf die Strasse. Was wissen wir eigentlich über ihn?

Kann doch sein, das er derjenige ist, der Geld braucht!

Nur so ein Gedanke, Vilija. Wir sollten alle Möglichkeiten in Betracht ziehen.

Sie fuhren auf den Parkplatz am Fischerstrand und stiegen aus ihrem Fahrzeug.

Kommissar Weigler ging mit seiner Partnerin den Strand entlang. Es standen unzählige unbenutzte Strandkörbe auf diesem Abschnitt. Weigler sie postieren sich dort drüben in einen von den Strandkörben. Ich werde zum Pavillon gehen und dort Ausschau halten. Sie sah auf ihre Uhr. Es ist jetzt halb zwei. In einer halben Stunde werden Fräulein Fahrtmann und ihr mysteriöser Verkäufer sich hier treffen. Wir müssen auf den Überraschungsmoment zählen. Also keine Alleingänge Weigler. Ich kenne sie… Nicht dass es wieder mit ihnen durchgeht. Das können wir uns bei diesem Fall nicht leisten. Elena Vilija verliess den Strand und ging gelassen die

Strandpromenade hinauf. Am
Infopavillon setzte sie sich auf eine
Bank und nahm ein Buch zur Hand. Sie
tat so als ob sie sich in das
mitgebrachte Buch vertiefen würde.
Beobachtete aber mit Argusaugen die
Umgebung.
Ein älterer Herr spazierte vorsichtig
auf seinen Gehstock gestützt den Weg
entlang. Ein sehr vorsichtiger Mann,
wie Elena bei sich dachte.

Maja Fahrtmann konnte sie bereits von
weitem erkennen. Sie schritt den Weg
entlang und blickte nicht nach links
oder rechts. In ihrer Hand befand
sich ein gelber Umschlag. Da musste
das Geld verborgen sein.
Sie hielt einige Minuten später inne
und wartete nun.

Die Kommissarin blicke erneut auf
ihre Armbanduhr. Es war jetzt fünf
Minuten nach zwei. Wo blieb der
Verkäufer nur?
Ein junger Mann joggte gerade an Maja
Fahrtmann vorbei. Einen Rucksack auf
dem Rücken.
Den kenne ich doch! Wo habe ich den
Mann schon einmal gesehen? Elena
Vilija versuchte sich zu erinnern.

Sie erhob sich träge und schlenderte auf eine Baumgruppe zu. Jetzt hatte sie Maja Fahrtmann noch besser im Blick. Der junge Mann war an ihr vorbei gelaufen. Mist… entfuhr es Elena.

Keine zwei Minuten später drehte der Mann seine Runde um den Pavillon und joggte zurück zur Strandpromenade. Elena beobachtete die Szene und hielt den Atem an.

Er war nur noch knapp zwei Meter von Maja Fahrtmann entfernt. Der Mann blieb stehen und blickte sich um.

Hallo? rief er Maja zu

Sind sie Pegasus eins? fragend blickte er Maja an

Der junge Mann war so unbegabt kriminell zu sein, das es schon wieder komisch wirkte. Ein auffälliger orangefarbener Jogginganzug und eine viel zu laute Aussprache.

Elena sah, wie Maja nickte.

Elena zog ihr Handy aus der Tasche und liess es bei Weigler zweimal läuten. Das war das verabredetete Startzeichen zum Eingreifen.

Wie der Blitz kam Weigler aus dem
Strandkorb gesprungen und lief auf
die kleine Gruppe zu. Elena Vilija
sah aus den Augenwinkel wie ein gut
gekleideter Herr sich Maja näherte
und den Arm den Joggers ergriff.
Er nahm ihn den Rucksack ab und sah
hinein. Erst auf den zweiten Blick
erkannte Elena das der gutgekleidete
Herr Paul Carstens war. Sie hatte ihn
nicht kommen sehen.
Was soll da? schrie der junge Mann
Lassen sie mich verdammt nochmal los!
Ich habe nichts Unrechtes getan.
Loslassen… brüllte er nun.
Kommissarin Elena Vilija stellte sich
dem jungen Mann vor.
Mein Ausweis, wenn sie mir nicht
glauben. Sie zeigte ihm ihre Marke.
Das ist mein Kollege Kommissar
Weigler. Ich gehe davon aus das sie
Max sind.
„Ja… Max Lehmann"
Der Kellner der an dem Mordabend auf
der Party serviert hat. Leider haben
wir in den letzten Tagen erfolglos
nach ihnen gesucht.
Wieso haben sie mich gesucht?
Ich habe nichts getan? brüllte er nun
Mit leiser Stimme fuhr Elena Vilija
fort: Es ist sehr schön, dass wir sie

jetzt befragen können. Dann wird sich sicher alles aufklären.

Würden sie uns bitte alle auf das Polizeirevier begleiten?

Weigler seien sie doch so nett und kümmern sich um unseren jungen Freund hier! Dabei lächelte sie ihren Kollegen freundlich an.

Wird gemacht!

Weigler wollte gerade Max Lehmann Handschellen anlegen, als Elena eingriff.

Aber nicht doch Herr Kollege! Ich bin davon überzeugt das wir dieses Spielzeug nicht brauchen. Der Herr wird uns ins Polizeirevier auch so begleiten. Hab ich nicht Recht Herr Lehmann?

Es ist sehr schön, dass wir jetzt ihren vollständigen Namen kennen. Den wusste anscheinend keiner. Die Kommissarin lächelte den jungen Mann freundlich an.

Der nickte nur verdattert.

Auf dem Polizeirevier begleiteten die Kommissare Maja, Paul und Max in ihr Büro. Kaffee? fragte Elena höflich Da keiner antwortete, goss sie sich nur eine Tasse ein. Max Lehmann… erzählen sie uns doch mal, wo sie den Skizzenblock gefunden haben.

Ich glaube nicht, das sie ihn
gestohlen haben. Ist es nicht so? Sie
blickte ihn an.
Wissen sie warum ich das sage, ich
glaube nicht das sie ein böser Mensch
sind.

Max erzählte:
*„An dem Abend als ich bei der Party
serviert hatte, kam diese grässliche
Frau mehrmals zu mir und wollte noch
mehr zutrinken. Sie sagte, sie müsse
ihren Kummer runterspülen."*

Was für einen Kummer, fragte nun
Weigler
Das weiss ich leider nicht.
*Ich hatte beobachtet wie sie diesem
Künstler immer hinterher lief.
Da war auch noch eine andere Frau,
die ständig diesen Mann mit
Argusaugen fixierte. Aber die kannte
ich nicht. Muss eine Touristin
gewesen sein. Gegen zehn war sie dann
weg. Ich habe auch gar nicht weiter
so auf sie geachtet, sie war ja auch
schon ziemlich alt. Naja… dieser
Künstler muss dann auch gegangen sein
und das drehte Frau Carstens erst
richtig auf. Sie lamentierte und
beschimpfte einige von den Gästen.*

*Danach leerte sich das Zelt schnell.
Ihr Mann hatte es schon ganz früh
verlassen – das hatte ich gesehen. Er
hatte telefoniert und seiner Frau –
also dieser unmöglichen Person einen
Kuss gegeben und war dann weg. Habe
ihn auch den ganzen Abend nicht mehr
gesehen.
Mehr war da nicht, ehrlich.*

Das deckt sich mit der Aussage der
Kellnerin, meinte Weigler.
Nun zum Skizzenblock. Wie sind sie
daran gekommen?
*Das ist keine so grosse Geschichte.
Als am nächsten Tag dieser Rummel auf
der Seebrücke bei der Tauchglocke
war, bin ich am Strand entlang
gejoggt. Das mache ich jeden Tag. Ich
war neugierig was da passiert war!
Naja… ich bin nachdem die Ambulanz
weg war – hinauf. Der Künstler und
zwei Frau Frauen waren noch dort. Ich
habe den Mann nie ohne seine Tasche
gesehen, glauben sie mir. Er malte
eine Zeitlang dort und ging dann
einfach. Er hatte vergessen seinen
Block wieder einzustecken. Er lag
dort noch auf der Bohle. Da ich
neugierig war, schaute ich hinein.
Nahm es an mich und wollte es ihm*

wiedergeben. Ehrlich… das wollte, das müssen sie mir glauben. Mein Mitbewohner hat mich dann auf die Idee gebracht, mal im Internet nach dem Namen zu schauen. Erst da wusste ich, das er sehr berühmt sein muss. Naja und da ich immer knapp bei Kasse bin, habe ich gedacht…

Haben sie gedacht, sie könnten den Skizzenblock verkaufen und ein hübsches Sümmchen für sich rausschlagen: beendete Maja den Satz.

Max Lehmann nickte betroffen.

Wissen sie denn nicht, was das für einen Künstler bedeutet, wenn seine Arbeit in Handumdrehen verschwindet. Da hängen nicht nur die Arbeitsstunden hier dran, sondern auch die Stunden die später im Atelier dazu kommen. Herr Lehmann sie haben wirklich nicht nachgedacht. Ich hoffe das machen sie nicht noch einmal.

Maja war ausser sich.

Wie konnten sie nur.

Weigler sah seine Partnerin an. Wir sind wieder am Ausgangspunkt unserer Ermittlungen.

Was machen wir jetzt mit ihm? Dabei nickte er in Lehmanns Richtung.

Das kommt auf Fräulein Fahrtmann und Herrn Metzer an.

Wollen sie Anzeige erstatten Fräulein Fahrtmann?

Ich glaube der junge Mann hier ist bestraft genug.

Nein, will ich nicht.

Darf ich, fragte sie und zeigte auf den Skizzenblock.

Ja, sicher dürfen sie ihn mitnehmen. Grüssen sie ihren Herrn Metzer von uns.

Ich möchte jetzt gehen, bemerkte Maja.

Einen schönen Tag noch.

Maja verliess das Büro und Paul folgte ihr.

37

Gernot Metzer betrat seine
Ferienwohnung. Einige Skizzen lagen
neben einer Anzahl von Tinas Fotos
umher. Sein grauer Anzug war
schmutzig und eingerissen. Er war an
einem Stück Treibholz hängen
geblieben. Agathe war bei ihm gewesen
und hatte den Riss bemerkt. Am Abend
wollte sie Nadel und Faden holen und
ihm den Anzug wieder ausbessern.
Jetzt holte er ein zierliches
weissbesticktes Taschentuch aus
seiner Hose und schnupperte daran.
Der Duft der ihn umfing war
atemberaubend. Agathe hatte ein sehr
leichtes Parfüm aus einer Mischung
von Lavendelblüten und Jasmin.
Er mochte diese Frau. Maja Mutter war
ihn ans Herz gewachsen.
Er blickte in die Ferne und dachte
nach.
„Dieser Unfall… ja es musste einfach
so sein… gab einem zu denken! Gernot
Metzer wollte sich nichts anderes
vorstellen als einen Unfall".
Chantal Jacobs Carsten musste einem
Unfall zum Opfer gefallen sein. Sie
wollte sicher dem Menschen der ihr

gegenüberstand die Waffe aus der Hand nehmen und da ging ein Schuss los.
„Ja, genau so musste es gewesen sein".
Hier auf so einer schönen Insel konnte es keine Gewalt geben. Sein Skizzenbuch würde sich auch wieder auffinden, davon war er überzeugt.

Es klopfte an der Tür.
Herein… rief Metzer ohne sich umzuschauen.

„Ein merkwürdiger junger Mann, dieser Max Lehmann".
Jetzt erst erkannte er die Stimme. Er war so tief in seinen Gedanken verstrickt gewesen, das er Maja gar nicht hörte.
Was…?
„Na, dieser Kellner von der Party"!
Max Lehmann hat dein Skizzenbuch gefunden und wollte es zu Geld machen.
„Oh, mein Gott"! entfuhr es Metzer

Maja holte aus ihrer riesigen Handtasche das Skizzenbuch hervor.
Tara...! Alles wieder da, wo es hingehört.
Maja lächelte ihren Boss an.

Er betrachtete nachdenklich das Buch,
das Maja noch immer in ihren Händen
hielt, bevor er nach ihm griff und es
auf den Schreibtisch legte.
Maja warf einen Blick auf das Stück
Papier was auf dem Schreibtisch
ausgebreitet war. Es war leer.

Gernot, was ist los?
Ich habe nachgedacht.
Na, das ist ja mal was ganz neues,
entfuhr es ihr.
Gernot sah sie von der Seite an. Ich
weiss das ich ein Sturkopf bin. Aber
könntest du dir wirklich vorstellen,
das ich und deine Mutter… weiter kam
er nicht.
Maja nahm ihn an die Hand.
Komm mit.
Das solltest du mit meiner Mutter
selbst besprechen. Ich für meinen
Teil finde ja, das du sie nicht
verdient hast.
Aber ich bin ratlos, was meine Mutter
an dir findet. Naja, das wird sie
selber am besten wissen.
Metzer blieb abrupt stehen.

Was ist denn jetzt schon wieder?
Maja sah ihn aus grossen Augen an.

Findest du das eine gute Idee, das du
mich jetzt zu Agathe schleppst?
Die beste in meinem Leben, wenn ich
das so sagen darf.
Sie öffnete die Tür zur kleinen
Wohnung und schob ihren Boss ohne ein
Wort hinein.

Mama bist du da…? rief sie nur
hinein.
Ich habe dir ein Geschenk
mitgebracht. Auspacken musst du es
aber selbst.
Was ist es denn, mein Kind?
Ich habe keine Zeit weiter, flunkerte
sie jetzt…
Sieh es dir an und entscheide ob du
es haben möchtest.

Ohne ein weiteres Wort schloss sie
die Tür leise hinter sich.

38

Der leblose Körper der Frau, die im Leben Chantal Jacobs Carstens geheissen hatte, lag nun in der Gerichtsmedizin und wurde für die Bestattung freigegeben. Paul Carstens beugte sich noch einmal über seine tote Frau, strich ihr übers Haar und nickte der Pathologin Anna Kanter kurz zu.
Er konnte den entstellten Anblick nicht mehr ertragen.

Seine Gedanken glitten hinüber zu der Frau, die sie einst gewesen war. Aber das rechte Bild wollte sich nicht mehr einstellen. Was war mit ihm geschehen? Hatte er nicht bemerkt, das Chantal ihn immer mehr manipulierte und ihn wie an Fäden laufen liess. Erst jetzt wusste er, das er den grössten Fehler seines Lebens begangen hatte.

Elena Vilija kam herein und tippte ihm vorsichtig auf die Schulter.

„Hallo Paul! Wie geht es dir"?

Er beantwortete die Frage nicht, sondern sagte nur tonlos „ein Fehler, einen riesengrossen Fehler" habe ich begangen. Ich hätte nie heiraten dürfen.

Elena fiel ihm ins Wort. Na na… mein Lieber. Es ist schwer, das kann ich verstehen doch Fehler machen wir alle, sonst wären wir keine Menschen die Gefühle haben.

Paul sah sie hilflos an. Meinst du wirklich?

Elena nickte und führte ihn aus den sterileren Räumen.

Was ist eigentlich mit Maja Fahrtmann? Elena Vilija sah ihn neugierig an. Ein wirklich gutaussehendes Mädchen.

Ja, das ist sie und obendrein noch sehr schlau.

Im Moment macht sie sich Sorgen um ihre Mutter. Ich hatte dir doch von den Vergiftungserscheinungen erzählt.

Elena nickte nur.

Aber bisher haben wir noch keinen Ansatz wo das Zeug überhaupt herkommt. Es ist wie verhext. Keiner weiss etwas über diesen blauen Lotos.

Ich weiss ja nicht, wie du darüber denkst, aber wäre es möglich das diese Pflanze mit der Gruppe hergebracht wurde.

Paul rieb sich sein Kinn. Du meinst, Tina oder Gernot könnten vielleicht den blauen Lotos auf Rügen mitgebracht haben.
Naja, es gibt da doch noch diesen jungen Bengel. Wie heisst er doch gleich? Ja, Jacob.
Oder diese Pflegerin? Was wisst ihr von ihr?
Es ist nur ein Gedanke, Paul. Doch wenn diese giftige Pflanze auf Rügen gefunden worden wäre, wüssten wir davon. Oder?
Sie sah ihn fragend an.
Da könntest du Recht haben. Aber Gernot Metzer würde ich schon von der Liste streichen. Maja arbeitet seit Jahren mit ihm. Der hat nur seine Malerei im Kopf. Metzer ist viel zu abgedreht um auf so eine Idee zu kommen. Ausserdem habe ich gesehen, das er sehr fürsorglich zu Frau Fahrtmann ist. Da entwickelt sich was zwischen den Beiden.
Jacob, der junge Mann ist eher ein Laufbursche und vergöttert Maja. Den

würde ich auch von der Liste
streichen.
Naja Maja brauchen wir erst gar nicht
in Betracht ziehen. Soviel ich weiss,
hat sie ihre Mutter mit hergeholt,
damit sie sich erholen kann und eine
Luftveränderung bekommt.
Bleiben nur noch die Fotografin und
die Pflegerin. Ich kenne beide kaum.
Die Pflegerin wurde von Agathes
Hausarzt Doktor Taubert empfohlen.
Ich werde ihn später anrufen und ihn
fragen, ob er mir noch einige
Auskünfte über Selma Domhof geben
kann.
Gut mach das Paul.
Ich werde mich in der Zwischenzeit
mit Tina Deetz beschäftigen. Du sagst
sie ist als Fotografin bekannt?
Paul sah Elena an. Ich weiss nur das,
was mir Maja erzählt hat. Die beiden
sind schon seit langer Zeit
miteinander befreundet.
Ok… dann machen wir uns mal an die
Arbeit. Ich hoffe wir lösen
wenigstens dieses Rätsel um diese
ominöse Pflanze.

Paul hast du heute Abend schon etwas
vor?

Nein, ich wollte nur noch einmal nach
Agathe Fahrtmann sehen.
Das passt doch hervorragend. Treffen
wir uns gegen neun Uhr bei ihr.

Bis dahin wissen wir sicher mehr.

39

Der vollbeladene LKW stand
abfahrtbereit auf dem Parkplatz.
Sie hatten den Fahrern noch ein
opulentes zweites Frühstück gemacht.
Die Fahrt bis n die Heimat war lang.
Wenn alles glatt lief würden sie
morgen Mittag bereits auf dem Gelände
vor dem Atelier ankommen. Maja hatte
dafür gesorgt, das Jacob mit den
beiden Männern mitfahren konnte. Das
Schwemmholz musste abgeladen und
verstaut werden.

Es gab noch einiges zutun bis in zwei
Tagen alle wieder abfahren würden.

Gernot Metzer hatte sein Skizzenbuch
wieder. Er war gerade mit Agathe am
Strand um die Ostsee noch einmal aus
einem anderen Blickwinkel zu
betrachten. Maja hatte gesehen wie
ihre Mutter sich bei Gernot
untergehakt hatte. Sie sah gut aus.
Die Seeluft hatte ihr wirklich sehr
gut getan. Aber sie war noch immer
nicht darauf gestossen, wer ihrer
Mutter schaden wollte.

Paul hatte vor einer Stunde angerufen und gebeten mit ihren Mutter noch einmal zu sprechen. Die Kommissarin wäre auch gern bei diesem Gespräch mit dabei.
Was sollte das alle? Maja verstand das alles nicht. Das war nicht ihre Welt.
Ihre Welt lag zwischen den Bergen und der Kunst für die sie lebte.

„Maja… Maja…!"
Tina rannte auf die Freundin zu. Du wirst es nicht glauben.
Ich hatte eben Besuch. Diese Kommissarin war bei mir. Du glaubst es einfach nicht!
Beruhige dich erst einmal. Was wollte denn Frau Vilija von dir?
Komm wir setzen uns dort auf die Bank und du erzählst mir alles ganz in Ruhe.
Als sie sassen, sah Tina ihre Freundin ernst an. „Sie verdächtigen mich"!
Du spinnst, entgegnete Maja.
Nein, wenn es so wäre würde ich ganz schnell zu einem Psychologen gehen.
Es stimmt wirklich.
Komm erzähl…

Also, vor ungefähr zwanzig Minuten bekam ich einen Anruf von Bodo. Du kennst Bodo?
Maja nickte nur.
„Er rief mich also an und sagte, er hätte eben mit der Polizei aus Deutschland telefoniert.
Ich fragte ihn, ob etwas passiert sei und ob ich helfen könnte. Doch das war nicht der Fall".

Tina, komm zum Punkt. Maja wurde immer hippeliger auf der Bank. Sie hatte das Gefühl als ob hunderttausend Ameisen durch ihre Adern marschierten.

Also…
„Die Polizei hat sich nach mir erkundigt. Wer ich genau bin, woher er mich kennt und an was ich zurzeit arbeite".
Bodo weiss natürlich jetzt nicht alles, aber eben das meiste aus meinem Leben.
Ich kenne ihn jetzt seit ungefähr zehn Jahren und wir arbeiten bei einigen Projekten gut zusammen.
„Die Polizistin die ihn angerufen hatte, fragte ihn auch nach einer bestimmten Blume.

Ob ich die kenne und ob sie vielleicht bei mir im Garten wachse". Maja stell dir das mal vor. „Ich werde verdächtigt"! Ich soll eine Mörderin sein. Die suchen einen Sündenbock und da sie hier keinen finden, nehmen sie eben jemanden der hier unbekannt ist. Die Quote muss eben stimmen. Ich habe Angst Maja. Was ist wenn sie mich einfach verhaften?

Maja hatte aufmerksam dem Gestammel der Freundin gelauscht. Jetzt dachte sie nach.
Komm lass uns etwas essen. Maja war in ihren Gedanken versunken und mit einem leeren Magen liess es sich schliesslich nicht gut denken. Wir werden noch einmal alles durchgehen, was du mir gerade erzählt hast.
Schau mal dort. Tina sah in dieselbe Richtung und erblickte ein wohlbekanntes Pärchen. Tinas Miene erhellte sich. Ach… sind die beiden nicht schnuckelig.
Maja winkte ihrer Mutter zu.
Habt ihr auch Hunger? Wir wollten gerade etwas essen gehen.
Aber bitte nicht schon wieder Fisch, reklamierte Gernot.

Für dieses Jahr habe ich genug Flunder und Forelle gegessen. Ich freue mich auf daheim und ein richtig gutes Käsefondue.

Wie wäre es mit dem Restaurant dort? Mittagskarte ab zwölf Uhr las Gernot. „Clou" – ein merkwürdiger Name für ein Restaurant. Findet ihr nicht?

Agathe stieß ihn leicht in die Rippen. Ich finde es sehr schön hier. Eine kleine Terrasse haben sie auch. Bei dem schönen Wetter ist das doch perfekt.

Die vier nahmen unter einem gelben Sonnenschirm Platz und bestellten bei dem herbeieilenden Kellner.

Sie bestellten sich als Vorspeise eine Kürbisingwercremesuppe und danach ein gebratenes Kalbskotelett. Tina, Maja, Agathe und Gernot ließen sich die Köstlichkeiten schmecken.

Wie war euer Strandspaziergang? Maja sah Gernot an. Hast du noch eine Ecke gefunden, die du noch nicht in all der Zeit die wir hier auf Rügen sind erkundet hast.

Gernot steckte sich gerade einen Bissen von dem Kalbskotelett in den Mund.

Mit vollen Mund sagte er: „Wir sind am Strand umhergelaufen". Die Wellen waren heute recht hoch.
Ich muss mit euch etwas besprechen.
Es geht um Tina…
Was ist denn mein Kind? Agathe sah Tina besorgt an.

Bevor wir euch vorhin gesehen haben, hat mir Tina etwas Merkwürdiges erzählt. Ihr Freund und Kollege Bodo hatte heute einen Anruf von der örtlichen Polizei. Ich denke mal das es die Kommissarin selbst war, die sich bei ihm gemeldet hat. Jedenfalls wurde Bodo gefragt was er alles über Tina wüsste. Das merkwürdigste aber war, das sie gefragt hat ob Tina in ihrem Garten die giftige Blume habe. Aber ich weiß das Tina gar keinen Garten hat, geschweige einen grünen Daumen. Bei ihr sterben die Blumen an Austrocknung. Sie ist vielmehr mit ihrer Arbeit vereint, als mit Grünzeug.
Tina hat Angst und das kann ich verstehen.

Ach Mädchen, das sollte man nicht zu sehr dramatisieren. Ich denke die müssen ihre Nachforschungen machen.

Das wird uns alle betreffen. Aber
wenn ich eins weiß, das Tina so ein
sanftes Lamm ist das keiner Fliege
etwas zu leide tun kann. Wenn sie
schießt, dann nur mit ihrer Kamera.
Ja.. und wie wir wissen, kann sie das
besonders gut. Hey, Mädchen... die
Fotomesse ist doch schon ein fester
Termin für dich. Ich habe da so etwas
läuten hören.
Woher weißt du denn das schon wieder?
Maja runzelte die Stirn. Vor dem Mann
bleibt aber auch gar nicht verborgen.
So und weil wir gerade so schön
familiär zusammen sitzen möchte ich
mein Glas auf deine Mutter erheben.

Sie ist ein wundervoller Mensch und
hat „dein" Geschenk liebe Maja
akzeptiert und ausgepackt.
Leichte Röte lief Agathe Fahrtmann
übers Gesicht. Wir werden und
zusammentun und heiraten.

Zum ersten Mal in ihrem Leben war
Maja sprachlos.

Tina erhob das Glas. Glückwunsch euch
beiden.

40

Am Abend sassen alle einträchtig
zusammen auf Balkon.
Es klopfte an der Tür und Gernot ging
öffnen.
Ganz neue Seiten die ich da an meinem
Boss entdecke, flüsterte Maja ihrer
Freundin zu.
Guten Abend!
Kommissarin Vilija kam auf die kleine
Gruppe zu und begrüsste jeden. Wo ist
Frau Domhof?
Agathe ergriff das Wort. Selma ist
schon seit einigen Tagen etwas
unpässlich. Meine Tochter und Herr
Metzer haben Selmas Aufgaben
übernommen. Ich denke sie wird schon
zu Bett gegangen sein. Am Nachmittag
habe ich sie zuletzt gesehen.
Paul Carsten und Kommissar Weigler
hatten die Kommissarin begleitet.
Weigler wären sie so nett und würden
Frau Domhof zu uns bringen. Ich
möchte mit allen Anwesenden reden.
Weigler knurrte etwas
Unverständliches und verschwand.
Wenige Minuten später stand er mit
einer völlig verdutzten Selma Domhof

auf dem Balkon. Er hatte ihr keine Zeit gelassen um sich anzukleiden. So stand sie jetzt im rosaroten Bademantel, grünen Plüschhausschuhen und wirrem Haar neben ihm.

Wo ist der junge Mann? Weigler wie war sein Name?

Jacob… knurrte Weigler etwas ungehalten.

Soll ich ihn auch holen, Frau Kommissarin?

Entschuldigung Herr Kommissar Weigler, richtig?

Agathe Fahrtmann sah ihn aufmerksam an. Jacob ist ein lieber Junge und ausserdem ist er heute Vormittag mit dem Lkw der das Treibholz geladen hat, mitgefahren. Herr Metzer meinte es solle einer die Sachen vor Ort abladen und verstauen. Wir sind ja auch nur noch morgen auf dieser schönen Insel.

Ich glaube dafür haben sie Verständnis.

Was ist denn überhaupt der Grund für diese Zusammenkunft? Agathe sah den Mann aus grossen Augen an.

Elena Vilija ergriff das Wort.

Frau Fahrtmann, Doktor Carstens hat mir von ihrer kleinen Vergiftung erzählt und ich habe heute einige Nachforschungen anstellen lassen.

Das habe ich auch gehört, platzte Tina dazwischen. Bodo Hausmann war ihnen behilflich einige Fragen über mich zu beantworten. Wollen sie mich jetzt verhaften? Tina hielt ihre Arme nach vorne um sich die Handschellen anlegen zu lassen.

Frau Deetz ich habe über jeden einzelnen hier am Tisch nachgeforscht und glauben sie mir, sie möchte ich am allerwenigsten verhaften. Ausserdem wäre es sehr schade, würde das doch die Herstellung ihres neuen Fotobuches beeinflussen. Frau Deetz ich bin schon sehr darauf gespannt und werde ihre erste Betrachterin der Fotos sein. Also regen sie sich wieder ab und geniessen sie ihren Tee.
Tina klappte ihren Mund wieder zu.

Dass der junge Jacob nicht hier ist, ist auch nicht weiter tragisch. Wie sie schon sagten Frau Fahrtmann scheint er ein netter Junge zu sein.

„Ich möchte mich an sie wenden Herr Metzer. Wessen Idee war es auf diese Insel zu reisen?
Metzer sah die Kommissarin misstrauisch an.
Erzählen sie mal…
Vor einigen Monaten ist mir ein Bildband in die Hände gefallen, er zeigte einen alten Kanal zwischen der Nordsee und der Ostsee. Das ging mir lange nicht aus dem Kopf. Irgendwann hatte ich wieder einmal so eine Auseinandersetzung mit Maja. Es ging um meine Zigarre. Naja, gut der Arzt hat mir das Zigarettenrauchen verboten – aber eine Zigarre ist eben keine Zigarette. Das sagte ich auch Maja. Sie kann manchmal richtig biestig sein".

Paul musste schmunzeln. Er konnte sich Maja vorstellen, wie sie Metzer die Zigarre aus dem Mund riss.

„Es vergingen einige Wochen, als mir der Bildband wieder in die Hände kam und da habe ich Maja darauf angesprochen was sie davon hielte. Ich hatte schon meine bestimmten Vorstellungen wie es an der Ostsee sein würde.

Was ich alles sehen könnte und ans
arbeiten habe ich nur gedacht".
Ich konnte ja nicht wissen, das mir
so eine reizende Frau über den Weg
laufen würde.
Er drückte Agathes Hand leicht.

Na jedenfalls habe ich dann Maja
beauftragt uns ein Domizil an der
Ostsee zu suchen. Natürlich in einem
bestimmten finanziellen Rahmen. Sie
eröffnete mir das sie nicht mitkommen
könnte, wegen ihrer kranken Mutter.
Also haben wir die kranke Mutter
eingepackt und sind zusammen
gefahren. Ach ja hätte ich jetzt fast
vergessen. ich brauchte noch eine
Fotografin, die dann Maja auch noch
organisiert hat. Also war die Truppe
komplett. Tina als Fotografin, Jacob,
Maja und ihre Mutter. Ich bestand
darauf das Maja für mich arbeitete
und sich nicht nur um ihre Mutter
kümmerte. Agathes Hausarzt hat dann
Frau Domhof vorgeschlagen die sie
hier pflegen sollte.
Habe ich etwas vergessen? Gernot
Metzer sah in die Runde und sah wie
alle anwesenden mit ihren Köpfen
nickten.

Gut!

Kann ich ihnen sonst noch irgendwie weiterhelfen Frau Kommissarin? Wir sollten heute noch einige Sachen verstauen!

Also gut! Elena Vilija sah in die Runde. Paul Carstens hat mit ihrem Hausarzt telefoniert Frau Fahrtmann. Er ist sehr positiv überrascht das ihnen die Ostseeluft so gut getan hat. Aber das Klima ist hier auch wunderbar.
Kommen wir also zu Frau Domhof. Diese versank immer mehr in ihrem Stuhl. „Ich habe nichts Unrechtes getan" flüsterte sie leise. Nichts Unrechtes…
Doktor Taubert hat Doktor Carstens erzählt, das sie Frau Domhof seit gut einem Jahr erst wieder in Davos leben. Vorher haben sie in der Nähe von Luzern gelebt. Ihr damaliger Lebensgefährte hatte einen Autounfall, wurde mir berichtet. Selma Domhof nickte.
„Das war ganz schlimm. Deshalb konnte ich dort nicht mehr leben. Alles hat mich an ihn dort erinnert. Doktor

Taubert ist der Cousin zweiten Grades von meinem verstorbenen Gustav".

Ihr Gustav wie sie sagen, war ein sehr angesehener Professor für Biologie. Wir haben von seinen ehemaligen Studenten erfahren das Gustav Kleber, wie er heisst eine junge Freundin hatte. Aber die Freundin waren nicht sie Frau Domhof. Kann es sein, das Gustav Kleber sich von ihnen trennen wollte?

„Nein… niemals"! schrie Selma Domhof auf
Wir haben uns geliebt und wollten Heiraten. „Mein Gustav war mir treu".

So, so ihr Gustav war ihnen also treu. Gut, wenn sie das sagen. Die Polizei hat damals den Unfall nicht weiter verfolgt, war aber der Ansicht das das kein normaler Unfall war. Die Bremsen schienen versagt zu haben. Doch laut Protokoll war das Fahrzeug eine Woche vorher in einer Autowerkstatt, da das Auto zur Motorfahrzeugkontrolle beim Strassenverkehrsamt überstellt werden sollte. Wenn in der Werkstatt Mängel an dem Fahrzeug bekannt gewesen

wären, hätten die Mechaniker diese
behoben.
Ich habe mit einem Mechaniker
gesprochen… das macht man in der
Schweiz so. Das wissen sie doch
sicher auch Frau Domhof?

Frau Domhof ich habe bei der ganzen
Sache ein ganz ungutes Gefühl und
bisher hat mein Gefühl mich noch nie
im Stich gelassen.

Selma Domhof wurde kreidebleich.
„Was unterstellen sie mir"?
Glauben sie etwa ich habe an dem Auto
etwas gemacht?

Ja… sagte Elena Vilija knapp.
Ich weiss nicht wie sie das
angestellt haben, aber das sie es
getan haben - steht für mich ausser
Frage. Es sind einfach zu viele
Zufälle, das es wirklich ein Zufall
sein kann. Gut Frau Domhof, kommen
wir zu Frau Fahrtmann.

Seit wann kennen sie Frau Agathe
Fahrtmann?
Selma dachte nach…

Seit mich Doktor Taubert davon in Kenntnis gesetzt hat, das eine Kranke eine Pflegerin braucht.
Also seit ungefähr sechs Wochen.
„Ja, das ist richtig".

Sie waren seit ihrer Ankunft rund um die Uhr mit ihr zusammen, bis auf die letzten Tage selbstverständlich.

„Ja, das ist auch richtig".
Aber wieso fragen sie mich das alles?

Weil ich glaube… nein ich muss mich verbessern… weil ich weiss, dass sie Frau Fahrtmann schaden wollten. Ob sie sie jetzt töten wollten, das glaub ich nicht. Frau Fahrtmann hat ihnen nichts getan. Sie war auf ihre Hilfe am Anfang angewiesen. Es bedurfte einiger Telefonate um herauszufinden das sie einige Jahren Krankenschwester in Kairo waren. Sie mussten Abstand vom Tot ihrer Tochter gewinnen. Da haben sie sich so weit weg wie möglich einen Ort gesucht, an dem sie vergessen konnten. Ein Kind zu verlieren ist sehr tragisch. Ihr Chef war sehr überrascht über meinen Anruf, er beschrieb sie als sehr aufopfernd. Er sagte mir auch das sie mit Giften experimentiert hätten um den Menschen dort zu helfen.

In diesem Land braucht man gegen einen Schlangenbiss ein Gegengift um überleben zu können. Das ist alles sehr löblich für sie, doch kommen wir zu dem jetzigen Ermittlungsstand. Sie haben den blauen Lotus aus Kenia eingeführt. Man weiss ja nie, wozu man so eine giftige Substanz noch braucht. Hab ich nicht Recht Frau Domhof?

Selma Domhof wurde immer kleiner in ihrem Stuhl.
Auf einmal brach alles aus ihr heraus.

„ Die ist doch selber Schuld… warum muss sie mir auch den Mann nehmen, in den ich mich verliebt habe… Gernot ist doch viel zu schade für sie… er gehört mir.. genauso wie Gustav mir gehört hat… es ist Unrecht, wenn Menschen die ich lieb habe sich anderen zuwenden… wieso musste diese Frau gesund werden.. in der Höhenklinik hat sie es doch auch nicht gepackt… also wieso ausgerechnet hier… Agathe hat es

nicht einmal gemerkt, sie trank jeden Abend brav ihren Tee...
Hätte mich eines Abends nicht diese Fotografin erwischt wie ich gerade den Tee verrührte, hätte ich es geschafft und Gernot wäre meine... und diese hochnäsige eingebildete Chantal, die dachte sie könnte alles haben... sich alles erlauben... sie hat meine süsse Klara einfach in den Tot getrieben... diese bösartigen Behauptungen über Klara... diese Verleumdungen sie hätte eine Affäre mit einem älteren Mann, der auch noch ihr Lehrer war... das hatte meine Klara nicht verdient... nein diese blöde Kuh ist doch selber Schuld... sie ist mir einfach den Abend an der sie wieder einmal eine Orgie gefeiert hatte mit all den Grossmäulern dieser Insel über den Weg gelaufen... es war nicht schwer sie aus dem Zelt zu locken... sie wollte wissen wie es Klara ging... ja Klara... meine Klara... die wusste ja noch nicht einmal das mein Mädchen sich wegen ihr umgebracht hatte... sie hat sich einfach auf dem Estrich erhängt... meine Klara war doch erst sechzehn Jahre... süsse Sechszehn... ein Zettel lag am Boden... fünf Worte „Es tut mir leid Mama"... und alles nur

*wegen dieser egoistischen,
eingebildeten, hochnäsigen Chantal
Jacobs…
es war ganz leicht… ein Schuss und es
war atemlose Ruhe…
Ruhe…
Endlich Ruhe*

Ich glaube wir haben genug gehört.
Frau Selma Domhof ich nehme sie in
Gewahrsam wegen des Mordes an Chantal
Jacobs Carstens und des versuchten
Mordes an Agathe Fahrtmann. Was den
Fall Gustav Klebe betrifft, werden
sich die schweizerischen Kollegen
sich mit ihnen in Verbindung setzten.

Weigler würden sie bitte Frau Domhof
mitnehmen und ihre Rechte vorlesen.
Elena Vilija wirkte sichtlich
erschüttert. So etwas hatte sie in
ihrer gesamten Laufbahn noch nicht
erlebt.
Sie sah Agathe Fahrtmann und Gernot
Metzer an. Ich hoffe sie behalten
unsere Insel trotzdem in guter
Erinnerung. Ich wünsche ihnen beiden
viel Glück.
Frau Deetz ich würde mich freuen den
Fotoband mit einer persönlichen

Widmung von ihnen zu bekommen. Viel
Erfolg dazu.
Fräulein Fahrtmann es tut mir
unendlich leid, ich bin sehr froh das
sie als erste bemerkt haben das etwas
nicht in Ordnung ist. Auch ihnen
alles Gute.
Ich muss jetzt ganz dringend meinen
Mann umarmen und ihm sagen wie froh
ich bin ihn um mich haben zu dürfen.
Paul… danke für alles.

Elena Vilija ging langsam vom Balkon
in Richtung Eingangstür. Sie drehte
sich noch einmal um und lächelte Paul
an. Mach was draus Paul…

Maja, Gernot, Tina, Agathe und Paul
sassen noch lange an diesem Abend
beisammen. Nachdem die Kommissarin
gegangen war, holte Maja den
erstandenen Erdbeerwein aus „Karls
Erdbeerhof" hervor und goss jedem ein
Glas davon ein.
Keiner sprach über Selma, auch nicht
über Chantal. Der Wein vertrieb die
trüben Gedanken und der letzte Tag
auf Rügen wurde geplant.

Ein letzter Tag die Schönheit der
Insel erkunden, das war das Ziel.

41

Maja konnte doch noch nicht gleich
einschlafen. Immer wieder ging ihr
die Frage im Kopf herum, wieso sie es
nicht eher bemerkt hatte.
Was würde jetzt aus Paul werden?
Natürlich war es verlockend auf der
Insel zu bleiben, aber es war kein
Traum den sie träumen wollte. Ihre
Welt war nicht hier, auch wenn die
Landschaft einmalig erschien. Sie
führte ihr eigenes Leben. Natürlich
wusste sie das Paul sie begehrte. Er
hatte es ihr unmissverständlich am
Strand gezeigt.
Um sich abzulenken griff sie nach
einem Buch, das ihre Mutter ihr erst
kürzlich geschenkt hatte. „Schutt und
Futter" sie mochte die Arbeiten
dieses Künstlers. Burgert war kein
Wunderkind in der Kunstszene, doch
seine Arbeiten hatten eine Kraft die
Maja anzogen. Auf der Seite mit dem
Bild „Stückfrass" hielt Maja inne.
Sie sah sich das Kunstwerk genau an.
War sie auch solch eine Figur wie der
beobachtende gutgekleidete sitzende
Mann. War es ein Zeichen dafür, das
Maja innerlich bereit war neue Wege

zu gehen. Maja starrte auf das Bild, dann warf sie es hektisch auf den Boden. Plötzlich fröstelte sie. Sie stand auf, suchte sich einen Pullover heraus und zog ihn über ihr Nachthemd. Dann trat sie ans Fenster und schaute hinaus. Silbern schimmerten die Wellen im Mondlicht. Maja war ergriffen von dem Zauber der sie soeben umfangen hatte.

Da drehte sich ein Schlüssel im Schloss.

Tina schön dass du… weiter kam Maja nicht.

Die Tür ging auf und Paul betrat den Raum.

„Schön dass du immer noch wach bist" sagte er und kam zu ihr herüber. Ich hätte dich aber sowieso geweckt, weil ich dachte du würdest dies gern sehen wollen. Er legte seine Hand auf ihre und legte eine kleine Blüte hinein.

„Unser Edelweiss" du hast es noch immer?

Maja schlug auf einmal das Herz im Halse. Pauls Griff an ihrer Schulter wurde immer fester, auch er sah jetzt auf die kleine Blüte. Jahrelang hatte er sie mit sich getragen und es nie

übers Herz gebracht sie in den Müll
zu werfen.
Paul drehte Maja ganz zu sich herum.
Es war dunkel im Zimmer, aber von
draussen drang das Mondlicht hinein
und fiel auf ihr Gesicht.
Er zog sie dichter an sich und Maja
legte ihm die flachen Hände auf die
Brust. Paul trug immer noch nur sein
dünnes beiges Baumwollhemd.
„Ist dir kalt"? fragte sie
Er lachte rau. „Ganz im Gegenteil".
Dann legte er die Arme um sie.
„Warum hast du einen Pullover an"?
„Weil es mir vorhin zu kühl wurde".
Ich glaube nicht das du ihn jetzt
noch brauchst. Er zog ihr den
Pullover über den Kopf und warf ihn
achtlos beiseite.
„Und dies auch nicht". Ihr Nachthemd
glitt zu Boden.
Aber wenn Tina…
Pst…
Er nahm ihre Hände und trat einen
Schritt zurück.
Maja fühlte wie sich prickelnde Wärme
vom Bauch her in ihr ausbreitete.
Paul liess sie los, aber nur um sich
selbst rasch auszuziehen. Dann
breitete er die Arme aus und zog Maja
an sich.

Als er sie küsste, erwiderte sie
seinen Kuss voller Hingabe.
Pauls leidenschaftliche Liebkosungen
erregten Maja sofort und fachten in
ihr ein übermässiges Verlangen an. Er
nahm sie auf seine Arme und trug sie
zum Bett. Sie lag kaum, als sie ihn
auch schon über sich zog.

Am nächsten Morgen wachte Maja in
Pauls Armen auf. Er schlief tief und
fest. Voller Glück sah sie ihn an,
noch immer fühlte sie seine Hände und
Lippen auf ihren Körper.

„Guten Morgen meine Schöne". Paul sah
sie erwartungsvoll an.
Maja lächelte nur. Der letzte Tag auf
der Insel für Dich.
Traurig sah Maja ihn bei diesen
Worten an.
Hey, meine Schöne… aber nicht der
letzte Tag für uns. Ich habe mir da
was überlegt und bereits mit Doktor
Taubert gesprochen.
Maja sah ihn liebevoll in die Augen…
du kommst mit?
Sie schlang ihm die Arme um den
Nacken und presste sich an ihn. Dann
küsste sie ihn hungrig.

Er richtete sich auf und sah Maja an.
In ihren Auge sah er das sie die
Frage ernst meinte.
Wenn man bedenkt wieviel Jahre wir
verloren haben, sagte er rau. „Aber
lass uns lieber an die Jahre denken
die noch vor uns liegen. „Oder bin
ich mit meinen Gedanken zu schnell"?
Meine Frage… Maja klopfte mit ihren
Fingerspitzen auf seine Brust.

Wie war die nochmal? schelmisch
grinste er

Kommst du mit? wiederholte Maja die
Frage

Paul schluckte schwer.
Maja ich kann nicht mitkommen. Aber
ich werde nachkommen – das verspreche
ich dir. Ich muss noch einiges hier
erledigen und auch die Praxis an
meinen Nachfolger übergeben. Seit du
hier bist, kann ich an nichts anderes
denken als mit dir zusammen zu sein.
Maja wir haben viel zu viel Zeit
verschwendet.

Ich liebe Dich meine Schöne!

Ende

Zum Leben gehört nicht nur der geistige Genuss sondern auch der kulinarische.

Hier meine Lieblingsrezepte die auch im Buch eine Rolle spielen.

Schokokuchen mit versunkenden Himbeeren

200g Schokoladenpulver (kein Kakao)
100g Butter oder Margarine
4 Eier
6 EL Puderzucker
2 gehäufte EL Weissmehl
Mind. 200g Himbeeren

- Ofen auf 160 Grad vorheizen
Das Schokoladenpulver mit der Butter gut verrühren.
Eier mit dem Puderzucker zu einer sehr hellen Creme aufschlagen (die Konsistenz muss einer Schlagcrem ähneln).
Die Schokoladenbuttermasse unterrühren und das Mehl gesiebt unterziehen.
Den Teig in die vorbereitete Form füllen und glätten. (Springform 26cm)
Die Himbeeren auf die Teigmasse verteilen.

(Himbeeren versinken etwas beim Backen)

-   160 Grad ca. 35 Minuten

Garnitur Puderzucker oder
Schokoladenglasur

Zucchinisuppe

4 grosse Zucchini
2 Charlotten
2 Knoblauchzehen
Ca. 2cm Ingwer
1 Chilischote
5 EL Öl
2 EL Currypulver
2 EL Kurkuma
1 Liter Gemüsebrühe
250 ml Kokosmilch
Salz/ Pfeffer nach Bedarf
Zucchini waschen und in Würfel
schneiden. Stielansätze entfernen.
Charlotten, Ingwer und Knoblauch schälen
und in Würfel schneiden. Peperoni
schneiden.
In einem Topf das Öl erhitzen.
Zucchiniwürfel leicht anbraten.
Charlotte, Ingwer, Knoblauch und
Peperoni hinzufügen. Kurz anrösten.
Ablöschen mit der Gemüsebrühe. Aufkochen
lassen. Die Suppe (ca. 20min.) kochen
lassen bis die Zucchini weich sind.
Mit dem Stabmixer pürieren.

Danach die Kokosmilch hinzugeben und
leicht köcheln lassen (ca. 5min). Mit
Salz und Pfeffer abschmecken.

Sauerkrautpfanne mit Schinken

5-6 Kartoffeln (gekochte)
500g Sauerkraut
16-20 Schinkenscheiben
200g Creme fràiche
100 ml Rahm
Salz und Pfeffer bei Bedarf
Eine Messerspitze Curry
150g Gruyère
    - Backofen auf 200g vorheizen
Kartoffel schälen und in Scheiben
schneiden.
Kartoffelscheiben werden in eine
ausgebutterte Form gelegt.
Sauerkraut in einem Sieb ausdrücken.
Schinkenscheiben werden mit dem
Sauerkraut gefüllt und auf der Schicht
mit den Kartoffelscheiben platziert.
Creme fràiche und Rahm verrühren. Mit
Salz und Curry würzen. Käse reiben und
auf die Schinkenkartoffelschicht geben.
Danach die Rahm/Creme fràiche Masse auf
den Käse verteilen.

200 Grad - ca. 20 Minuten